七等生

重回
沙河。

# 削廋卻獨特的靈魂

生命裡不免會有令人感到格格不入的時候，彷彿翹趄著從一眾和自己不同方向的人羣中穿行而過。然而如果那與己相逆的竟是一個時代、甚至是一整個世界，這時又該如何自處？

一生以叛逆而前衛的文學藝術屹立於世間浪潮的七等生，就是這樣一位與時代潮流相悖的逆行者。他的創作曾為他所身處的世代帶來巨大的震撼、驚詫、迷惑與躁動，而那也正是世界帶給他孤獨、隔絕和疏離的劇烈迴響。如今這抹削廋卻獨特的靈魂已離我們遠去，但他的小說仍兀自鳴放著它獨有的聲部與旋律。

該怎麼具體描繪七等生的與眾不同？或許可以從其投身創作的時空窺知一二。在他首度發表作品的一九六二年，正是總體社會一意呼應來自威權的集體意識，甚且連文藝創作都被指導必須帶有「戰鬥意味」的滯悶年代。而七等生初登文壇即以刻意違拗的語法，和一個個

讓人眩惑、迷離的故事，展現出強烈的個人色彩與自我內在精神。成為當時一片同調的呼聲中，唯一與眾聲迴異的孤鳴者。

也或許因為這樣，讓七等生的作品一直背負著兩極化的評價；好之者稱其拆穿了當時社會表象的虛偽和黑暗面，凸顯出人們在現代文明中的生存困境。惡之者則謂其作品充斥著虛無頹廢的個人主義，乃至於「墮落」、「悖德」云云。然而無論是他故事裡那些孤獨、離羣的邊緣人物，甚或小說語言上對傳統中文書寫的乖違與變造，其實都是意欲脫出既有的社會規範和框架，並且有意識地主動選擇對世界疏離。在那個時代發出這樣的鳴聲，毋寧是一種挑釁，也無怪乎有的人視之為某種異端。另一方面，七等生和他的小說所具備的特殊音色，也不斷在更多後來的讀者之間傳遞、蔓延；那些當時不被接受和瞭解的，後來都成為他超越時代的證明。

儘管小說家此刻已然遠行，但是透過他的文字，我們或許終於能夠再更接近他一點。

印刻文學極其有幸承往往者意志，進行「七等生全集」的編輯工作，為七等生的小說、詩、散文等畢生創作做最完整的彙集與整理；作品按其寫作年代加以排列，以凸顯其思維與創作軌跡。同時輯錄作者生平重要事件年表，期望藉由作品與生平的並置，讓未來的讀者能瞭解台灣曾經有像七等生如此前衛的小說家，並藉此銘記台灣文學史上最秀異特出的一道風景。

1980年，攝影中的七等生

1986年《重回沙河》，遠景（初版）

# 目錄

# 一、晨河

我在清晨走向我心中永遠存在的一座橋，我懷著一種不可言喻的心情站立在那裡。從橋上俯覽南方下游的河床，河的兩岸長著高大茂密的樹林，我看到前所未有的驚人事物。我當然不止一次從這座橋走過，包括我的童年在內，記憶是清晰的，包涵著無比難言的懷想，尤其現今的事物更加使我吃驚，河床裡滯著黑暗的污水，它使水草長得很凶惡挺拔，沙灘上散佈著臭味的垃圾，這些與我小時候在橋下涉水玩沙，沿著河水捉魚，在清澄的水潭游泳相比之下，能不使我怵目驚心嗎？我現在敢再下去與垃圾為伍嗎？我把相機放在橋柵上，拍下了我的第一張擁有屬於自己的 PENTAX 的照片。我已經四十一歲。河上空際佈滿灰靄的氣氛，沒有強烈對比的陽光照射我所看見的景物，這張照片有如我心中的全部憂鬱的感懷。我懷疑這會是我開始攝影的主題？悲傷或歡樂，事實上這又有什麼不同和關係呢？我並不計較成敗如何，或將來給看到我的攝影作品的人的觀感如何，我應該只關心我想要拍什麼就拍什

麼，我想這樣我的心就會自然指引我走向一樣路，這條路大概就是我暫停小說創作後的第二個生命；如果要俗稱生命的話，那當然與前面的生命也是相連接的，而現在我將我心象寓於這條河的名字，和我曾在小說作品中描述的河流也是同一條的河流，它就是沙河。

# 二、山畔

晌午，我又攜著現有的全副裝備，包括伸縮鏡頭和腳架到工地去，我抱著要去做練習的打算，因為對於攝影的知識和技巧，我是完全的外行，雖然我看熟了幾本關於攝影竅門的書，但覺得並沒有多大的自信。假如我向別人談起我現在做的事，他們一定大惑不解，認為我往日對攝影竟然沒有培養起愛好，現在貿然像一個攝影家擺出獵取自然的姿勢，實在想像不出會有滿意的成績。我覺得這並不是什麼羞恥的事，沒有人能樣樣事物都通曉，而且過去我的生活環境並不許可我去從事這方面的工作，就好像有人不會彈鋼琴一樣，是完全可以瞭解的道理。我要在此時特別記註的是：我現在玩起照相機並沒有抱定朝向所謂偉大的攝影家或專職工作的志向；這樣的開始有如我二十年前第一次寫作時一樣，沒有所謂目標和使命感的認識，完全憑著我心靈的啟迪，包涵著生命的自由意志，不論是快樂或痛苦，像愛情一樣沒有現實的計慮，完全是無價的，也不具有比較優劣的功能。因為我現在才學步，關於從實

際的經驗中得知的知識和技法一定發展得很有限，我只重視從中去獲得認識環境，從這種工作中，像我過去的寫作，完全是為此能產生思想，免於生活的空乏。我在剛鋪好的水泥屋頂的平台上架起相機，用望遠鏡頭窺望對面的那座十分平凡的山丘，我發現有幾隻牛分成幾處被繩索牽綁在山畔下的草地，牠們在繩子長度為半徑的圓周範圍內馴順地吃著草，烏秋和白鷺鷥卻自由地飛來飛去與牛為伍，這種生存的對比情況觸動我憐憫和嚮往的心靈，但限於器材的有效視野，牠們在畫面上顯得很渺小，在照片中只是微細的點而已。

# 三、感觸

有關Ｇ・Ｌ，現在幾乎佔滿我的心。

底片在照像館沖洗出來了，看那些一小幅一小幅的膠片的顯影，頗覺快感，但印出來的黑白照片並不好，我懷疑像館並沒有洗好，所以我心想，等房子蓋好，把暗房設起來，一切都由自己親手做，或許會稱心滿意。這種希望也許是天真和無知，但卻必須如此，一切都必須親自動手才算是完成。

有一位本鄉的青年黃昏時來找我交談，他去年底開車發生車禍後，由台中轉回來通霄的家裡住。他告訴我他深感頭痛，因為回來與家人在一起並不和諧愉快；他每一次來，總是談他的生活感觸，我已聽過無數次了，內容都是一樣。我這一次對他說：要善待自己。我不知道他是否瞭解這句話。後來我又說，生命是短暫而生活的每一刻鐘又覺得很冗長無聊；做為一個人必須不斷地尋求工作的機會，掌握工作的時機，創發屬於自己擁有的工作，來抵銷生

命和生活這兩個互為背道和矛盾的現象，使其在思想和感受中不覺生命短促而生活充實。我很同情他的處境，他賦閒沒有專職的工作有八九年了，也沒有建立起自己的發明，早年曾幹過水手，我實在不瞭解他的內在思想，不過淺薄是極容易造成他目前的樣子，當一個人無所事事時，不但要對付自己，還要對付周遭的敵視，結果造成越來越多的纏繞不清的事，也就是沒有工作反而多事的情形。我想人要心靈寧靜就必須勤奮工作。我留他和我的家人一起晚餐，然後我表示要去洗澡，他就告辭了。

# 四、卑微的人

給 G・L 寫信。

在拍了兩張做皮包的女工的照片之後，我冒險走下沙河，污臭的氣味開始撲向我的鼻子，或許應該說，我投身撲向垃圾。我向上游幾個女孩子遊玩的地方走去，為什麼她們不嫌這條污染的河流呢？上游比下游乾淨一些。我回想起我的童年，其實我現在何至嫌棄它呢？

我仍深愛著它，雖然感到悲傷，卻懷抱著它有轉換澄清和芬芳的一天，目前我拍攝景物，都有垃圾在，正是如此。這生活環境變得如此污穢，正是我心感憂感所在，這說明人性在生存中變得醜惡了。我不能掌握那幾個小女孩追逐的歡樂姿態，把她們攝入底片裡，正說明我沒有足夠的經驗；不能稱快我的心意，有意猶未盡之嘆，而她們的自由性質我又不容自己去隨意擺佈她們。總之，我和她們沒有適當的契機和默契就不可能拍好照片。暫時和她們告別了，希望能在另一個時候，或另一個地方，再和她們相逢。我離開，回到橋下的陰影裡，

下游的地方有一隻黑牛吸引著我，還有一位穿白衣在河床墾植菜園的年老男人，近處是一羣鵝，我以黑牛為焦點和鵝羣為焦點各拍一張，而兩張都有那位默默工作的老人。在這傷心之河裡，極目所望的土地都是被傾倒的垃圾，但我又為什麼要拍它們呢？我往回家的路走，在一個偏僻的小道的棚架下，我拍了兩位姐弟的一張像，他們欣然地接受，沒有懷疑我的動機，尤其那個小男孩，很聽姐姐的話，靠在她的身邊。回到家，我在庭院拍了兩張盛開的紅色百合花，這對我來講，沒有什麼特別意義，只是經驗的步驟而已。

我想我為自己設想的拍攝工作，是既辛苦又微不足道的，我相信往後會越來越艱辛。一個個人在表現這世界的事物方面，就是窮一生之力在數量上有億萬之多，亦祇是片面而不完整，無足說明這整體世界的意義，亦如文學然；但我並非為此，在自感渺小之下放棄文學創作；如果是，我現在就可以放下攝影，又為何苦心地找到這種替代的表現媒介呢？據我的覽閱所知，世界上在拍攝表現優異的人非常多，在台灣的文藝圈裡也有幾位我敬仰的攝影工作者，他們起步很早，頗有心得和建樹，我在這樣的瞭解下不是自嘆不如他人的，可是我並不恐懼，我知道我的工作完全是為自己而設的，我能繼續不斷地拍攝下去就是了，其他的顧忌都是多餘的。

我發現當在進行工作時，隨時會有新的意念產生。我原先在室內找題材，看到尤莉的插花非常美，她似乎有這方面創作的天份，我早先就注意到了這點，一年多來她使屋裡的祥和氣氛增進了不少，有人看到都讚美她。我此時正好可以用伸縮的鏡頭在一段距離裡做局部的特別描寫，在這當時，牆壁上的鐘和垂吊的球燈給了我一些啟示，保羅正在看電視，打開了

這盞燈，這就是我拍「時光」的由來。

有人來談工地發生的事，我的工作就停頓了一下，那人離去後我也走到屋外，看到那位整日在附近露面的瘋子坐在鄰居樓房走廊邊緣，他不分晴雨，整年都守在他的兄弟古物商樓房的外面，始終穿短褲赤腳，冬夏不分，身體很健壯，當有人望他時，便露出羞赧的表情，有如含情的少女低著頭。我問他吃飯沒有，他微笑點頭，口裡的聲音很細碎，讓人聽不清楚。

我回屋裡拿相機拍他，然後我握著他的手，感覺他的手心十分柔軟。據說他曾在年輕時當過刑警，有一身的武藝，結過婚，妻子和子女現在某地，那麼為何他會發瘋呢？每當我看到他，都使我在心裡想著這個問題。他唯一給我的好感是溫和，並不傷害別人，也不騷擾別人，他和別的瘋子不同的是顯得特別害羞，他的壯碩的體魄應該會使一般人戒心的，但情形正好相反，與其說別人怕他不如說他怕別人，他總是守在某個角隅的位置，譬如坐在堆積古物的麻袋包裡的籬笆邊，從那裡像一隻藏匿的野獸窺望路過的行人，誰知道像他這樣的人的內心經歷是什麼，而那些經歷卻被現在邋遢模樣的他所封閉鎖住了。

由於拍攝他沒有遭到抗拒，使我開始一連串的大膽的狩獵工作。我走到街面上去拍小孩的遊戲。然後我坐在廊下，預先調好道路中央的焦距，等待期望的人物闖進我的鏡頭裡；但這種守株待兔的行徑沒有成功，我根本不知道自己預期著什麼，因此在一刻鐘的守望裡沒有任何收穫。之後，有一位拉破爛古物拖車的瘦小老頭經過，他戴著圓眼鏡顯得特別古怪，我迅速開始採取行動，因為他太靠近我，無法在鏡頭內完全容納他本人和那部兩輪拖車，我退後幾步重調焦距，奇怪的是他的緩慢的行進反而在我的眼前消失了。我怕他知覺，不敢超前

越過他，只有跟隨在後側面拍攝了一張。底片剩下兩三張，我走回來站在街對面的電桿旁，拍古物商樓外整理廢物（對他們來說乃是有價值的東西）的一位青年。以上我所記錄的人物並不新奇，是我每天外出時都會看到的，現在我終於有了工具可以留下他們的影像，這在幾年前，甚至昨天或前一刻都未曾想及的事，可是說真的，他們的影像在早先已經烙印在我的心靈裡許久許久了。

# 五、暗房

我從床上爬起來時是凌晨一時，整夜根本沒有睡眠，現實的事物煩擾著我。昨夜睡眠前我看了電視節目，播放美國第一屆電影頒獎典禮，覺得設計這次頒獎典禮的人很有才華，主持人的口才和外表令人激賞，節目的進行像詩一樣有節奏感。我起床後喝點酒，坐下來凝聽，屋內和屋外都很寂靜，人們都在沉睡中，而我卻醒著，知道現在自己醒著是一椿美妙的事。事實上我這樣想是在排除一切的苦惱。許多煩惱的事都是我自己找來的。為了排遣憂煩和無邊的痛苦，我花了約一個多鐘頭拍了三張照片。我從伸縮鏡頭觀察從天花板垂吊下來的那盞線纏的球燈，可以看到事物的精微和組成的美妙，我遲緩地思考後拍了二張，然後我改換普通一‧四鏡頭自照了一張。

今天在學校對學生授課，全身感到不舒服，充滿憂煩的頭暈，這當然是睡眠不足的現象。午間休息也顯得不安寧，學校正在興建樓房教室，搥打的聲音像要擊穿我的頭部。黃昏

回鎮上，趕到照相館去看昨天交付沖洗的底片，底片的質地和與實物相反的光影總是很好看，我答應晚上八時再來看暗房的工作。

這是我第一次走進暗房，權充一名助手，洗的是我自己拍的照片。把經過放大機曝光的相紙放進顯影液裡浸動，這個簡單的過程卻很有趣，可以看到影像漸次由白淡顯明出來；但我沒有經驗，處理得毫無頭緒，不懂分辨顯像的色調程度，結果大都超過了。這是第一次無法適應暗房微弱光線的自然情形，無需自責。但我相信只要我擁有自己的暗房工作室，便能經由學習而變成老練，洗出自己滿意的照片。

我打電話給Spring，聽說他剛回家，露出疲憊的聲音，似乎充滿懊悔和哀吟，我感想著為何現今的人類會是如此空泛和無依，顯露著無比的精神苦惱呢？想到這，我不敢再打電話給G・L，他在今天應該會接到我寫給他的信。

我不能再盲目的拍攝了，我必須要有點心得之後才能再開始，顯然昨日我把自己弄累了。

# 六、布娃

今天我把相機帶到學校，十點半後我便依循過去散步的路徑出去拍照。我在田園小徑上站住了，一所破舊的土塊屋吸引著我，我內心突然升起要拍它的責任感，好像沒有拍它就失掉我擁有相機的意義。然後更動人的景象出現了，是一位蒼白瘦弱的男人挑肥料的形姿，我躲到一處較隱密的位置，我害怕被他發覺，而引發我內心自覺的恐懼；事實上也許是我自己的感想而已，如果我是他，和我交換生活的位置，我會因發覺被人攝影而深感羞恥。其實，這個孤獨生活在荒僻角隅的男人頗令我尊敬——是由憐憫而漸次升起的情緒。

我來到了小溪，一隻水牛愜意地浸在水潭裡，只露出牠特殊的頭部，當我舉相機對準牠，頗令牠驚奇，後來牠乾脆把頭也沉進水裡，只有呼吸的口鼻部份露出來，伸出長長的舌頭，有點小丑似的意味。我想拍從短橋上衝過的火車，但不知道火車何時會來，我信步在河床的石面上走著，以前我常見的毛蟹不見了，轉回來時在另一岸邊拍了兩張，毛蟹不多，我

有點失望，而且牠們的敏感性也使牠們警戒著不肯走出洞外。當我離開小溪由原路走回來時，我又想到應該再拍兩張那個可憐的人，我大膽地站在小徑上，等候他出來，像拿著武器準備向他挑戰，絕不是預先等候迎迓從華美的寓所出來的貴人；這次他不是用肩挑肥料，而是用鐵叉托著草料，形態更為動人，奇怪的是他竟沒有看見我。我的內心同樣產生恐懼，全身都發出顫抖，可是他卻十分專心做他的工作，毫不察覺有人離他這麼近在拍攝他。

我在路邊的垃圾堆發現一個被丟棄的布娃，狀極可憐，她躺在石頭邊，身旁有燒焦的東西，另一旁有一隻藍色拖鞋，我選擇不同角度各拍一張。回到學校前，我又在一處屋宇邊空地拍雞棚內的雞羣。

當我帶著相機要拍一個目標時，那個事物必定在我心中產生一種感覺，同時我的理性也產生著思維。但是我目前還未有經驗該怎樣把它拍得更富我所希望的，或許當我有一天親自做暗房工作之後，會由那裡得知要怎麼拍得更好。

在學校牆邊，我看見一位頭頸部份彎得很低的老婦人的背影，我捉住機會追趕她，拍了一張她轉身入巷的側影，我事後想到她的形態，有如是向命連低頭的模樣。

我意外的收到羅的信，我沒有想到他還在台灣沒回美國，在年初我曾在台北會見他，他在信中所說的友誼是很真確的感想。他的愛情是世間最悲苦的，這是一個像他這樣倔強任性的人所要付出的代價。我祝他回美國後會快樂。

Spring 在電話中說他把錢都賭輸了，我大吃一驚，為什麼他要如此？他似乎很感絕望，寶貴的金錢，如果是，他說他是故意的，我可以意會這個意思如何，但那一回事是否真實，

就真要該打了。

那位同鄉的青年黃昏的時候又來騷擾我一陣，他不應該再賦閒依靠有錢的父親，有時我覺得他無可救藥，有時也覺得他可愛，他說他是為了年老母親需要的照顧才住在家裡的，這當然是理由也是藉口，他酷好批評，什麼事對他來說都不能滿意他。我想拍攝他日本武士崚屬的面龐，他卻諱避走掉了，這樣也好，以後要趕走他，就是把相機拿出來。

# 七、開始上路了

今天注定我不能拍攝，昨日一天的戶外狩獵太足夠了，雖然我不敢斷定拍得很好，但有幾張是我費了心去拍得的，現在還在咀嚼消化（思考和整理）。事實上，今天自清早五點鐘起床後，就一直為日常的事務忙碌。

我打電話給羅，昨夜沒有聯絡到他，今早他接了電話，聽他的聲音，我知道他既痛苦又無可奈何；他說他不能親眼看到Ｈ‧Ｓ的最後結果，他的病已惡化，我聽到這消息就好像我幾日前心中預示的死亡。羅是太偉大了，他為Ｈ‧Ｓ的感情付出了極高的代價；他在前日的信中說他錯了，因為他去愛是太不自量力了。這話中充滿了悔恨之情，可是他也做到仁義之心所可能做到的義務了。

到校上班後，工地的人馬上來校告知我工地的事情，他用摩托車載我到工地，事情解決之後又回到學校來。

我找時間給Ｇ・Ｌ寫信，目前他的存在佔滿我的心，但我自覺他是個更難以和諧的人，我對他的企求是無由的，我們大都深知困難所在，可是我是個很頑固執著的人，我不願放棄這份發自內心的企求，除非毫無進展和顯示不可能為止。我渴慕他能和我在一起的快樂，我懷疑為何我的需求總發生在複雜難解的事體上。

下班後我請求一位青年用機車帶我到工地，我在樓上裝好的板架上踱步，思想我將來在此工作居住的情形，這屋頂我計劃加蓋一間傾斜的房間做為睡房，彷彿可以在此度過我想像中的浪漫的夜晚。我坐在板架上抽煙沉思，工人都在樓下工作，我獨自一人覺得十分的安逸。之後，我下樓和工人聊天，其中的幾個工人與我談到三十多年之前的往事，我的父親因戰爭轟炸的關係把市鎮上的家搬到黑橋對面的農莊，回憶起那時的玩伴，如果不是在此山畔蓋屋有此再訴之緣，我也幾乎忘懷了他們；時光真是叫人吃驚，而那時熟知的人物都分散而年歲有些已近年老了。阿雄、阿溪、阿婉涰涰他們在我的不滅的記憶中都是完美而可愛的人物，夏夜在黑橋睡在草蓆上，白天在山坡牧牛和嬉戲，我是多麼幸運能有此經驗，使我在回憶中充滿了溫甜和快樂。

晚上教保羅彈鋼琴。我翻閱尤金・史密斯的攝影集，他的毅力和天賦叫我佩服，每一張都是那麼動人而富有不朽的意義，這些都是他用勇氣和生命贏來的。他的思想更叫人尊敬，看到他的影集，知道他的思想，使人想到人類在有道德力的人物之前仍有希望的前途。看到大師們的攝影作品，有如我先前閱讀天才們的文學作品一樣，並不會使我感到自卑，或以為自己什麼也不必做了，雖然要達到他們相同的成就是不可能的，但他們在我之先的成就就是

我最好的認知基礎，他們的偉大絕不會掩蓋別人的存在價值，其他人也不會因知曉他們的成就就喪失了創造力，重要的是精神的存在和傳遞，而不是重複那些類似的作品；大師們是一條指引之路，而世界是充滿時空的生機，如果沒有他們，我反而感到這世界充滿黑暗，我也會在這黑漆的地域中沉淪和消失，所以我越去接近他們（大師），我越會受到鼓舞，就像今天我躍躍欲試，而開始上路了。

# 八、到街上巡索

天氣佈滿了灰霾，我決定將相機裡還有的底片到街上各角落去巡索。是黃昏的時刻，光線顯得灰暗，我不知道是否能拍好，速度調到十五分之一秒，光圈大小約在八‧六，四‧五之間。我站在一條街的走廊，先把伸縮鏡頭的焦距定在路上的某一點，等候著上鏡的人物。

有一個機會我錯失了，兩個年老的婦人以日本式教養的禮儀在街邊相互彎腰鞠躬，一位是鎮上小學的女校長，瘦削身材，戴眼鏡，一位是她長年居住的女伴，較胖和圓潤，大概每天都在同一時刻站在屋外迎接著她從學校回來。女校長沒有結婚，年輕時我是她的學生，她的伴在那個時候就伴著她共同生活，我實在無法想像她們至今還這樣相敬如賓，可謂奇蹟。當我發覺時，我即刻行動靠近去，但在調焦距時那動人的場面已經完畢了，她們已脫下鞋子進到屋裡，把門關上。我想將來還有機會，我記錄下來，以便能夠記住再去守候而拍到那模範的儀式。

我預先走到一幢樓房的廊柱，做好準備，把一個選定的人物拍進來（那個人是酒家的老闆），而後我又超前去等候，拍到一位跛腳抱著洗衣盆的可憐老婦人。我轉身看到遠處高樓上站著一位青年，他正在注視我的行動，他的姿態正依靠在一座鴿舍下，形勢很特殊，我毫不客氣地朝他按下快門。在這黃昏一個鐘頭的行動中，最可記憶而留下經驗的是我躲在汽車旁邊，從車窗拍到路旁收破爛的老人和小孩做買賣的鏡頭。我一直想，我的行為最好不要被主題人物察覺最好，在路邊拍攝是相當引人注目和猜疑的事，當有人知道他被拍進鏡頭，或許會不高興而走過來質問。我步行回家時一面想著，這一次行動都不算成功，我感覺還不能十分掌握到最為理想的一刻按下快門，所以無法拍到合稱那個人身份特徵的表情，這一點最難，而我的經驗顯然不夠。

到今天為止，我已正式拍了四卷底片，共一百十二張，這裡面也許只有一二張可以留下回思。

# 九、主題

我至感懷疑拍攝的工作是否合宜我的性情和創作的能力，是否能真正捉住主題事物來顯露我的心象？否則我便是全然的失敗。我想能代表心象的事物應該俯拾皆是，祗是我還不能辨明和合度稱時地將它納入鏡頭裡來，被拍攝到鏡頭裡的大都已失掉了我與對象間契機交感的形象，因此，那形象便毫不感動人，這樣的照片看了令人沮喪和悔傷。

現在對我發生問題的是摘取主題事物時在我心態裡所產生的遲疑情緒，譬如今天我騎腳踏車回家的途中，看到在稻田中除草的農夫，我就下不了決心停下來拍攝；另外，我經過一處山丘，一部挖土機爬到被開闢的山路頂端，那模樣（它正伸臂轉身）在我的一瞥之時很能觸動我，但我把它放過了。相反的，我卻在工地設心安排想拍一張好照片，但事實上只是造作而已。我不能想拍就拍，但我拍的並不一定就是我認為必要的，這種情形證明我的無知，相機還未能完全是我思想情感的成熟工具。有兩個女人在橋上並排行走在我前

面，她們要進入市鎮，她們的步態和市鎮背景就是一幅好畫，可是我來不及換上伸縮鏡頭，因此我雖趕著且停下來幾次對照鏡頭，總無法滿意我心想的構圖，終於眼望著她們走進市區，一切成為過去。

我現在正為不能進入情況而沉思，我明白拍攝工作並非輕易地能夠表明我的人生態度，換句話說，它並不是輕鬆愉快的，也不是遊玩的性質，而必須精心和縝密地加以設計，還要付出很有耐性的體力，有如要拍上一張則需付出一整天的奔走和定神的工夫，因為隨便的拍攝會帶來情緒的煩膩，對心智也是一種浪費，最後注定是徒勞和失敗。

我心所縈懷的多樣感情，可能是造成腐蝕我的精神的唯一因素，我是否要將它們完全摒除呢？想到這層問題，我的左肩胛又在發痠發痛，我的精神是否要為它的崩塌而承擔著呢？有報社的人來信慰問我的病情，當我見到內容時十分的訝異，我在惱怒著誰在散佈這個謠言，說我在去年底病得厲害，除了我自己，我從來不向人宣訴我有什麼病痛，除遠在美國的 Diana，我不向近在台灣的人說出我有病情，我那時給她的信說出了我的精神和肩胛的痛苦，現在則因改換工作性質有了好轉，不過我實在不希望有人為我的健康掛慮，我應該給人的印象是完美的，而且永不挫敗；但是我應該坦白的告知自己，我實在糟糕透了，身體和精神恐怕要比別人想像的病情壞得多。我早就有心跳和頭痛的毛病，可以追溯到二十年前，我身心兩方面遭受到環境和生活的折磨所帶來的。我現在活著似乎是另一種精神在負全責支撐著，如果完全撤除這個維持虛偽的人生生活的精神，我早就從這人世間消失了。從這可以看出，短暫的人生是維靠著一種上述偽飾的精神，它的目標是免於在現世間崩倒（應該說不要那麼快的死亡），那麼相對的應該還有一種精神在，那是屬於永恆的。

# 一〇、偽飾的面具

中午我叫保羅到像館取回洗出的第四卷照片，整體看起來令我無比的失望，其中我寄望甚深的幾張洗印出來後並不如我想像的那種格調，檢討起來是我距離對象太遠，不能將人物的特徵清晰地拍到，如果近前去拍又惟恐觸犯他人的尊嚴。如果我繼續對象這樣的拍下去，那是注定要氣餒和失敗了。這一次的成績打擊著我拍攝的興趣，只說明我在浪費膠片而已。總之，我在人像和街景的拍攝上完全顯示不知如何掌握時機和特徵，這點我在拍攝時已感覺出來了。其中只有向命運低頭的老太婆和收破爛的老人這兩張尚稱可以；被拋棄的布娃可謂滿意；抱洗衣盆的跛腳老婦人，如果再擇個角度，應該算是不可多得的收穫，可惜沒有拍到腳板的部份和全部右臂支撐的枴杖。

我在山坡上蓋的屋子擇定今天灌水泥屋頂，早上十時我趕到工地去，忙著煮肉，再將牲禮端到土地祠燒香拜拜，再端回屋頂上同樣地拜拜。這是我有生以來第一次親自遵從俗禮

做這類特殊的行為，我的內心沒有反抗，反而認為應當，與一般的人採取同樣的觀念似乎覺得較易與人和諧和融洽在一起；在這個行為的評價上，我認為我以前並不具有較高的觀念存在，而是真空著沒有這類的接觸經驗，現在才有機會接近一項真實，那是尋求內心的安寧，認識環境和人事的存在。下午二點開始，有十幾個工人，有的操作機械，有的挑沙石，有的運水泥，有的在屋頂做填塞的工作，水電工、板模工都到齊，一起配合工作。四點多鐘時，休息吃點心，就是用我上午拜拜的牲品合煮粿條給他們吃，到六點鐘工作全部完畢，每一個工人加發一百塊錢和一包長壽牌香煙。蓋屋的工作到此是一個段落，二十天之後是拆板整修，約計再三十天可以全部完成。我期望這所新屋替代舊屋能給我新的生活情趣。

我意識到左肩胛的痠痛日漸加劇，好像天氣一改變就會發作，我深感憂慮，它會不會打擊我以後的生活和工作呢？顯然它和我本來的憂鬱性質互為連鎖，它們聯合起來使我的精神有山崩的趨勢，我的外表可以隱瞞別人，但我的內心卻無法漠視它們的存在。

自來水一年多來總是隨水流下大量的細沙，上個月里民大會我破例提出書面建議，經過有關機關（這四個字充滿著曖昧的意義，卻在社會上應用最廣，聽起來甚不舒服）的公文的來往，鎮公所終於寄了一張答覆前來，說本鎮的水質很好，已經改善。這當然是他們的表面文章，至今水還是帶著大量沙粒，尤其今天更為嚴重，水流在洗盆裡，沉澱一層黑黑油油的粉末；還有屋外的排水溝設計得很窄很淺，下雨時便積水和堵塞，我曾多次建議改善，但我回通霄已十年了，像這樣的生活環境實在令人心灰意冷失望極了；社會的所謂參與行動，這只是那些好玩的沒有實際生活經驗的人的表面文章和擺姿勢的照片，我突然想到在

節慶遊行時有一位笑容滿掬的面具人物，手中搖著扇子，做出逍遙的樣子，這個人物所象徵的社會偽飾，令我看到就想走開。

# 一、感情包袱

清早給Ｇ・Ｌ電話之後搭車去新竹。當我在候車室等候Spring時，翻看被旅客遺棄在椅上的今天報紙，副刊上刊出某作家的人生小語，自從時報副刊登出以來（不定時的），它是我最為喜愛的篇幅，他是以從容溫和而嚴肅的哲學家態度寫出那些使人回嚼再回嚼的短小散文。我喜愛他的筆調勝於那些小語的涵義。同時我又看到一則使我振奮的新聞，在美國紐約蘇活區的藝術家謝愛德繼去年九月結束自囚之後，今年四月又開始另一個作品「打卡」，為期一年，每一小時打卡一次，一天二十四小時。這件事在這一天整個盤繞在我的腦際和心靈裡，我極欲寫信給他，寄到楊熾宏處由他代轉。像他那樣堅苦卓絕的藝術家是不需要去鼓勵的，倒是對他的精神投以禮敬的注目，比起那些隨俗追潮的畫家，他是讓我佩服的，他的思想是中國人自覺和警惕的表現，這一點就叫生活在此造作喚愛國口號的文人羞死有餘，好像他一個人在支撐這個民族的真正的現代精神。

我拍了一張以新竹車站建築為主題的照片。要拍城市的街景，我一樣毫無感觸無從下手。回家的車上，我一面觀覽窗外風景，一面冷靜思考，一個人在生命的狩獵中，往往是錯落了那最好的，而只拾到次要的，其他則受到歧視，因此常有遺憾和憤怒的情緒，而對常伴的事物產生不滿。Spring見到我時說，他活著似乎沒有佔住空間，他是指在假期中沒有辦法見到我，而有自棄的作為，結果有人找他去賭博，他就在這樣的情形下喪失了不少的時間和金錢。我說我很想摒除所有的感情包袱，他說不可能，承載雙重的感情是我真正的命運，如果沒有這些凡俗之物，我就不可能滋生思想和創作。藝術的創作大都是受感情的支配而形成特有的風格。我認為他說的也許是實在的。但我真正嚮往的是自由的愛，家庭的束縛和情人的纏絆都是造成我精神苦痛的因素。那麼自由是什麼呢？是指原真的生命欲求嗎？我想原真的生命早已沉落淵底了。

# 一二、自由的靈魂

選擇從事一項藝術創作就是表達自己的本質，這情形有如去追求愛人一樣。本質是什麼？我不能說明它，只能從直接的表現上呈現它；就像對愛人的幻想，是我的本質的欲求，使幻想實現是本質的意志。這就是生命存在的全部，而生活的歷程就是去體驗這一切的細節。這就是靈魂的所在和精神的目標，其他的都是瑣末和假借的事物。藝術創作的滿足，就像是和愛人赤裸地企求諧和和快樂，這是人類最珍貴的東西，也為了這個，使人繼續求生不輟，這一切的發生都有生命內在的理由，就像對愛人的追求是來自生命的意願，這種象徵神聖和自由的事物是每一個人最重要的權力，是任何人都不能隨意加以干涉的。

今天的忙碌使我未能用拍攝加以記錄風雨加給自然界事物所呈露的形態，借用拍攝的工具來呈現我的本質，可以說隨著時空在加增著發生，但我的思想所觸及的，卻不能將它一一表現出來，一次又一次的錯過了機會，這都是生活的限制使靈魂不能獲得自由，不自由的靈

魂就不能創作所謂藝術。藝術應該是一種德操和指望，不是這樣的藝術就不值得去推崇和表示敬意。愛應在自由的心靈中成長和獲得，不是這樣的愛情就不可能永恆。

# 一三、廢窯

清晨五點半鐘我起床了，冒著風寒步行到鎮郊去拍攝許久以來就廢棄的磚窯。當我的鏡頭對著路徑邊山腳下的一間孤立的廢屋（昔時是一間辦公室）時，突然我的意識升起一股戰慄的感覺。這是一所建築得很有風格的小屋子，就像當時的人對教養這一類東西的品味一樣，可以表示出他們不同於一般人的身份和見識，這一點或許就是使現今的人懷念和表示敬意的理由。我從破損的窗戶望見灰暗陳舊的內室，感覺似乎有幽魂在裡面出沒。我不明白為什麼會產生這個想像，或許它的形象就這樣顯現著，或許我曾經聽人傳述過什麼故事。我對其形象的注目恐怕也是為了表達這點，我明白我承負的責任，那就是它現在的孤立模樣代表著一股活生生的魂魄，它的存在正與現實對立著。同時的有一根高聳的煙囪和長滿雜草在頂面的燒窯，我極力想表達它們的莊嚴，尤其想去找尋它屹立不搖的空間位置。這些拍攝的事情過後，我去詢問一位萬事通，我說出我的感覺和看法，他說沒有那種事，但在廢窯內曾有人自殺。我確信任何存在的魂魄都不會對表彰它的存在的藝術工作者憤怒，有如尤金‧

史密斯拍攝戰地枯腐的死者一樣，他的工作正好表明那些魂魄的意願。

到今天我真的有點不能再忍耐和沉默了，我必須指出某些文學作家在作品中假借某種人物所發出的狂語，託藉神的名譽胡扯人類沒有真正生活過的現象，他們的意思在指能做出某些行為才算是真活，否則就是白生，有如現今以一種思想否定另一種思想，我認為這都是今日世界的真正邪說。凡是存在的東西都活過，不論短暫的或恆長的，也不論何種樣式和種類的，何種身份有學問或沒有學問，包括癡呆和天才在內，不論在何種境遇裡都是代表它本身的存有，如果沒有這種思想，那麼生存是不公平的；個體生命有如它的形貌和時空位置，只為自己的存在感知負責，但不排斥除了自己以外的事物，沒有具備他種經驗並不是罪過；生活在屈辱中，或生活在光榮中，都是同等價值的，一如生活在罪過中和生活在神聖中也都是同等價值的；感知的經驗不應如語言或俗世意識區分善惡，感知的本身就是它的存在的一切，如果我們要讓生活的世界合理，就必須要承認這種存在的合理，不要讓偏執狂的理想主義者煽動和擺佈，他們本身是一種基本欲望的膨脹肥大症者，是為他的權力欲求所設計出來的謊言，很多人都忘懷了世界的本樣原來就是一種理想，並沒有第二種理想，有的話就是人所設計出來的奴役和死亡的景象，於是無知者便受到鼓舞而附和和蠢動，無知便成了這些野心家利用的工具。切記，感知的珍貴價值就是它存在的特殊性，它形成所謂自由的定義，它的經驗是不被取代的，這就是真活。同時我們只為我們的短暫性付出感覺，他們不關心除了神以外的俗世世界的永恆設計，我們在冥冥中被神關注，而不是我們僭越地去說神的話，因為除了神本身，我們根本不知道神是什麼。

# 一四、抉擇與報償

昨天（十七日）帶學生在中部地區遊覽，第一次用彩色底片拍攝，為學生拍紀念照，一天的勞累的結果實在不知道成果如何，心中盤繞著得失的感覺，坦白說要得心應手真不容易，只有不斷的練習了。把廢棄沖洗出來的底片從像館拿回來，從底片中觀察得出那天清早去拍那些照片並沒有白費，單一主題總勝於那些景物繁雜的事物，可以看出單一主題較能滿足心理的需求，但要去發現單一主題的象徵性並不隨處可見，有時拍出來的結果很可能只是單調和平凡。

從報紙上我看到法國哲學家沙特的逝世消息，在那簡短的報導中記載著一段評語，沙特認為存在主義是說：人的本身並無價值，既無靈魂，也無意義。人類只有致力一項事情，使他的良知獲得參與，才使得他和其他動物及無生命的東西有區別。唯一值得爭取的自由，即是選擇的自由。人要為本身的命運負責。回想我從事寫作以來的思想，關於人的命運問題也

大致如此，我是從我的生活經驗做這種的思考，並非完全瞭解沙特的思想為何而去附和他；我對他的印象並不深，而對如斯賓諾莎和十九世紀以前的文學作家的作品瞭解較深，大致他們的處世立身都能做為我的典範，也由這一點去延伸我的思想。我十分驚訝的是沙特的照片所給我的心靈的震撼，亨利‧卡堤‧布列松所拍的一張沙特照片（應是中年的時期）也造成我對他的懷疑。他應是有思想的人，但由以上的兩張照片看來，使我覺得他並未把他內心的史實完全揭示出來。有的是，他的內心似乎寓居著一個惡魔，面對宇宙的存在而充滿著恐懼和哀號。晚年的這一張照片使我想起羅的父親，他們兩個的矛盾和意外感的表情非常相似，據說羅的父親十分的誠摯，我想這未必是真確無誤的說法。我非常希望人的面貌表情是毫無意義的，但事實不然，人或萬物總從他的面貌中反映出內在的靈魂。我十分信賴藝術所表現的一切，尤其是人像中的面部神情，相信這裡面所表達的絕對不會有錯誤。選擇的自由是我贊同的，而他也要為這個信念付出昂貴的代價。事實上在我所觀察和瞭解的一切事物中無不如此，無一能夠逃過自由選擇的命運的結果，沙特本身就是如此；每一個個體的選擇也許甚有區別，但結果總是公平的，最後總會露出他抉擇的報償，而這一切的神奇性都能憑著自我感覺體會出來的。

近期來關於中國文學語文的問題，霸道的人士甚為囂張，其中有思果、黃維樑和余光中所提到的中文正確用法，關於「是」的是非，我終於看到有黃宣範的反擊，他的論文是〈是無是非〉。這是真理自在人心的好現象。

# 一五、在地下道躺臥的少年

週六上午離開學校，輾轉幾次車到了高雄，我在鐵路餐廳等G‧L，他來後我們一起到霞木吃中飯。我決定住國統大飯店，他約在四點鐘離去，約定老莫晚上見面。我想在六點以前到報社見老莫，但計程車不熟悉路，在市區繞來繞去，最後他以問路的方式才把我送到那裡，而G‧L卻比我早到了。老莫在編星期特刊，還在工作進行中，他還表示晚上十時回台中去。我們在一家中國菜餐廳吃飯，另有兩位報社人員，還有醫師K也來了。他們喝啤酒，我喝茅台酒。飯後老莫和那兩位人員先回報社去，我和G‧L、醫師K、小吳再到一家酒吧喝酒。我們談一些生活的感覺，醫師K很能從他醫學的立場表示目前的生活觀感。十一點我們離開那裡，G‧L帶我回飯店，我要留他夜談，但他堅持回家去。他回家後約半小時，我打電話過去，他的家人說他在洗澡，一會兒他打電話過來。我們在電話中談了一會兒，我一面和他說話，一面似乎在懺悔，流下了眼淚。我不瞭解為何我每每想去追索真實，別人總認

為那是虛幻的。我對G‧L的拒絕感到萬分痛苦，他要我去睡，就把電話掛斷了。我走到窗邊掀開窗簾，俯視火車站廣場的夜景，電鐘的數字已跳出是凌晨一時。我又升起對生命的懷疑和悵惘。

我醒來時才發覺睡前糊塗地沒有拉上簾幕，但似乎是我在鄉下養成的早起習慣使我自然醒來，不是外面的光亮刺激我。空際是一片灰色，我起來注意那火車站大樓的電鐘，五時三十五分，既然已經醒來，我知道再也不能重回床上睡覺了。對於這新的一天，經過幾小時的睡眠，我自覺很鎮靜，是一種無欲求和略帶悲哀的和平狀況。我在小心謹慎地照護著自己，使我對生存的態度不至於慌亂無章。然後我花了很長的時間在浴室，泡在熱水裡使身體流汗，恢復更大的清醒。昨夜的烈酒使我非常口渴，我不斷地倒水喝，記起來G‧L昨夜已經警告過我了。我也記得他喝了不少酒，且有自虐的傾向。我原不想在早晨先打電話給他，但到了七點多鐘時，我還是先打電話過去；不出我所料，他還在睡覺，是我的電話吵醒了他，他說要我等他。快八點鐘時，我下樓到火車站看時間表，當我經過地下道時，我發現有一個少年躺在冷冷的地板上，那是個可憐而骯髒的形體，像是死亡了的樣子沒有動靜，身邊散亂很多垃圾什物，來往的人只是對他注視一眼便匆匆走過。我折回飯店到房間拿相機，拍下我南下的第一張照片，然後走向火車站。當我轉了一圈回到我的房間，我再打電話給G‧L，知道他不能早來後，我決定自己去吃早飯。我吃了兩碗稀飯後覺得身體充實一些，我坐在二樓餐廳觀察那些日本旅行團的人，我想像不出我可以如他們那樣輕鬆愉快地出外旅行，如果沒有明顯的工作職責，我不可能想到要做那種類似純觀光的

旅遊。我自問我又為何而來呢？答案就是為私自的幻想和愛慾而做了獨自的行動，雖然我可能（像昨夜）見到某些人，一起喝酒談天，但我內心明白我是為何而處身在這裡的。我目前的平靜適足以說明我對Ｇ・Ｌ的失望。我所寄望於他付出的感性和行動，都被他驕矜的心理阻礙而落空了。我發現和他無求相似的觀感去體嘗生命之事。他計慮的比我更現實，比我更具道德感，使我驚訝他如此年輕，而身負的現實責任如此之重。所以我漸漸明白我不能從他那裡獲得和諧和快樂。他沒有和我採取同一步驟邁向未來的意願。但從他的角度看我，我的一切都顯得甚為不合理和矛盾，所以他根本不能接受我的思想，甚至進一步要反對我的行為。當我繼續在房間裡等候他來臨時，我發現平坦白色的頂壁上有一個細小的機件安置在中央的位置，那裡應該是一盞燈，可是並沒有燈而替換了這麼一個我想不出有何用處的銅質零件。窗外依然是灰色的，沒有耀眼的陽光，我開始注意到頂下那機件和淡淡投影所形成的象徵，我裝好放大鏡仰臥在床鋪上觀察它，它就像是由外太空降臨的一個神祕怪物。室內的光線很暗，相機必須調到很慢的速度，光圈也放到最大，我雖懷疑能拍好這樣的一個曖昧題材，但嘗試用斜角移動來捕捉它，假想它是具有生命和行動的事物。到此，我這次南下只拍了這樣的兩個意外之物，只按下四次快門，而對城市風景我就沒有興趣了。

當我坐在房裡準備筆記我剛才在地下道拍的影像時，我找不到鋼筆，我想起昨夜大家匆匆離開酒吧，我把鋼筆留在桌上了。我有點懊惱，但只有盡量維持我孤獨的平靜心境，不要讓一切的損失再加深一層的傷害自己。約十時Ｇ・Ｌ終於來了，我們面對時陷入於懷疑和敵視，我們都想努力挽回和尋求另一途徑，可是卻更顯示出無望的樣子。我對他的幻想和寄望

突然都消失了，由於這一情況，我對周遭的一切都十分的冷漠。然而我們又恢復了親善，一起說好去吃午飯，他帶我到一家自助餐的地方，畢竟我仍愛他，我的心有等待的意味，可是我又自覺那時間是無期的。我帶著無限傷感和無可奈何的心情離開高雄，我疑問我是否還有意志力去尋回這份幻想。

# 一六、烙印

自從在高雄火車站廣場地下道拍攝了那位躺臥的髒污少年的睡姿之後，我心裡一直不能忘懷當時拍攝的恐懼印象。從看見到折回旅店取來相機的五分鐘時間，我在內心滋生著許多問題，在充滿疑問中仍然決定要拍下這個可憐的人。無疑我在懷疑我的道德問題。當我對準焦距靠近他時，我的恐懼達到最高點，我的心幾乎要跳出來，有人從我背後走過，我擔心有更大的羣眾圍觀過來，並且害怕他們因我的行為而攻擊我。事實上並沒有發生什麼事，我按下快門後便拔腿離開，快步步上石階進入火車站。我不能釋懷的不是社會問題，而是我個人的行為的自我批判。我不知道是否有拍攝這種情景感到自滿和快樂的人，以為是做了一件好事，自以為富有人道和正義感，並且向他人炫耀一番，讓人知道他那可貴的憐憫心，在文學藝術上不乏這類具有道德勇氣和懷抱使命感的人。我正為這點有害怕而產生懼怕的幻象，因為我還沒有認清我就是那種勇往直前的使命工作者，我是為我不是這種性質而卻去做了這

樣的事感到膽怯。我看過和認識過許多為私自的野心而假冒為善以做這類事為手段的人士，他們是知識份子，我擔心我會在不知不覺中走入了這條道路，而根本不是我的本性所應允。我目前不會公佈這張照片或大作文章呼喚社會的注意，我甚至將來不會對這張照片加上無謂的贅詞，以做為抬高自我身價的證據。我現在希望我未曾拍攝過這樣一張令我不快樂的照片，我可以毀棄底片，但它已烙印在我心中不能磨滅了。我因拍攝他而有自感犯罪的意識，好像他的襤褸是因我的優沃所造成，世界沒有公平地分一點財富和愛給他，假如我不能及時地救助他和改善他的狀況，我到算是那類的人呢？拍他和不拍他，他都是一樣的，我不能叫醒他帶他去吃早飯，或帶他到我住的優雅房間洗澡，給他乾淨衣服穿，所有的這些，我都沒有勇氣承當；好，即使解決了眼前的問題後，我可能因私人的理由離開，他又將如何呢？我把他帶回家嗎？這樣推遠下去，我應為他犧牲，這樣才算是「愛」。我自慚的是我沒有愛而卻做了愛人的舉動。天啊！他真醜！在拍攝的那一刻，我更恐懼他是死亡的，我唯一減低害怕意識的是知道他在我回旅店取來相機之間翻過一次身，改變了姿態，當然很可能有人用腳把他翻轉，試探是否死亡了。我的焦距對準他那微張半閉的紅色眼睛，我在鏡頭裡看到他似乎也能意識到有人靠近著他對他拍照。想來他的睡眠是不安穩的，他睡在那裡也等於做了詭猾的唾棄自己試探別人的表示，把衛生紙、手帕、小鐵罐裝的什物，散亂在身邊和腳下。他有抗辯的意識，這是他展顯的動機，而不是因自己的醜而隱藏自己。我拍攝的行動中依然帶著厭惡的心理，像有些路過而繞彎迴避的人一樣，看了就不敢再看第二眼。如果我是他，我簡直會羞死；如果我是他，我會把自己隱藏起來，不能如意的生活，我就去死。我雖與別

人也有不同之處，可是我不能忍受我像那種模模樣樣的醜惡。為什麼他不能像一般人般修飾自己，他沒有知識嗎？他不能依靠自己嗎？他的樣子到底歸屬誰的責任呢？為什麼他要表露這種愚蠢而使人厭惡的形貌？為何不聰明地去做些事，從賺得中把自己打扮得光整一點，讓人覺得他亦懂得重視體面，這個世界難道不是充滿著這樣生活的人嗎？就算他的姿態也代表一種誠實，那麼這種誠實的意味歸屬於自然嗎？如果他認為他的樣子和睡在眾人來往的地下道冰冷的地板會很舒服的話，我還有什麼可說的呢？畢竟不是就是這樣的，世界上到處充滿需要救助的人類，貧窮和疾病正使他們枯萎和哀號。他是不是就是這種人呢？我想按照我們的社會來說，他是我們之中的少數人，不像某些國度裡那樣佔著大多數，因此不是我們社會的一種風格和景觀，遇見時就難免感到驚心和意外。那麼他的存在就有不同的意味了，是人性的醜惡和殘酷滋生的一個特例。他誕生時他的父母是誰？有誰能無動於衷地讓自己的子弟如此流落？他的家庭狀況如何？他能長大就不是孤兒，而是中途的棄兒。還有他的心智很有問題，否則他定能奮勉向上。他不能為人接納和受教育到底是他個人問題，還是社會問題？自我離開後，他是否醒來，還有他將來的命運如何呢？總之，我無法真正探明他存在的理由，他的過去和未來是我不知道的，我只是在某一時刻遇見了這形象，並且依照我一時的情緒產生顫慄的觀感。可是我真的一無所知嗎？我拍下他的理由又何在呢？我又為何不去拍陽光下明亮漂亮的物事，那麼我的選擇的意義如何？我能說我拍了他就是了，其他的問題就不是我所能關心的了，真是這樣嗎？

晚上十時，美國之音的古典音樂開始了，我所熟悉的播音員的低沉聲音預告著今晚的節

目，首先是約翰‧巴哈的〈C調弦樂曲〉。我總是隨音樂的進行馳思一些纏繞著我的現實事物，而不是純粹在認真欣賞；這兩者在時間的進展中互相跳接，我對現實的追思時續時斷，而我對音樂的關注也是如此，那一方面較能喚起我的感興，我便對那方面加以注意；這種排遣與我在生活中的行為頗為相似，顯示我的感情的跳躍和追索。但我相信我的感情有一始終不變的特質，非常的效忠著我自己的本性，只因現象世界應合於我性質的事物不一致，一會兒在這裡出現，一會兒在那裡浮動，致使我常要變動轉向，沒有一個固定的目標。我為這點感到無比的痛苦。我不但捉不住一個固定的目標，也永遠得不到適合於本性的滿足。我曾經想：我既然知曉我的痛苦之所在，是否能夠獲得痛苦之解決的方法呢？

音樂的進行已有一小時了，今夜的播音似乎極有秩序，由巴哈、唐喬凡尼、海頓到莫札特，由弦樂到交響樂到鋼琴。我的隨想馳騁到一個少年時去過的小村莊，我很想找一天帶相機去拍攝，近年來偶爾坐車路過月眉村，便勾起我的回憶。我曾在某一年的暑假，單獨前來姨媽的農家和表兄弟們相處，他們都是勤勞節儉的人，而我卻不善於勞動，只喜愛繪畫；記得更年小時，母親曾帶我來此，探望獨自居住的外祖母，我們沿著一條很大的水圳進入村落，房子都極為低小，居民的面貌也別於一般我在家鄉見過的人，他們說話的聲音帶著特殊的腔調，山坡上種植的甘蔗一望無際，有一座很大的漆成綠色的糖廠，發散出使我頭暈的氣味。我住在姨媽家天天夜晚做著惡夢，我的健康很不好，我坦白將這情形告訴姨媽，她好心地去為我問神明，說我心志超遠，對這樣的解釋，至今我還不能想出與我的惡夢和不快樂有何關連。

不知不覺間音樂出現著長笛和提琴的對位，我的思想回到目前的現實，今天家人中有

多人患了感冒，昨天我在學校清理一隻原子筆內的油污時，也因急躁的關係而用鐵絲刺破了

手指和手心。現在我不敢對自己提起Ｇ・Ｌ，他才是我目前內心中困擾的中心。我寫信給

Spring，坦白告訴他建房子的事可能把我拖垮了，會因這件事影響拍攝和暗房的工作。我也

想到將來在新房子工作的種種問題，最主要的是安全問題，當我不住在那裡時，是否會有盜

賊侵入把我的東西搗毀（當他們拿不到他們要的財物時），還有房子蓋好後，是否還有經濟

能力來支付我在拍攝和暗房工作的開銷？這一筆錢用完之後，我非常清楚再也沒有另一筆支

援的錢可用了。當然到時候，我會賣掉房子，做權宜之計，以便繼續我的工作，直到一分錢

也沒有為止。我不應該為這些事擔憂才對。已到凌晨了，播音員在向聽眾道晚安，通告明天

同樣的時間再來分享這兩小時的世界音樂，我也的確懶得再想再寫了。

# 一七、憂鬱的魂魄

我的紀錄總是無法寫得完全（我並不計較是否完美），當陳述某一件事，會把其他的事忘懷，無法做到一次把當天的重要工作全部記錄下來。現在，我才想起昨日黃昏從屋門望出，越過前院的一排扶桑花樹，看到斜對面高樓屋頂上養鴿的男人揮動著長竿紅旗，屢次地做出趕走欲尋降落的飛鴿的動作，那羣盤繞轉圈的鳥，總是頗為驚慌地又撲翅急速地飛開而去。灰白的天空，襯著那單純飛動的影像，幾乎像是沒有色澤似的，不知為什麼緣故，我現在只有對沒有對比的單薄景物有興趣，我取來相機，拍了三張。

今天我騎腳踏車來校上班的途中，亦想到我拍攝以來的種種自我的感覺，我拍的照片大都像是沒有拍成功的灰黑景物較多；事實上也是心靈指引我要去拍它們，像廢窰、沙河的早晨，還有某些無光黃昏皆是。我目前有一個想法（但不是我的解釋理由），在陽光對比下的景物或人物，雖然顯得動人和明顯的格調，卻不如那狀如遙遠的、灰黑的、柔和的影像更吻

合著我心裡的傾訴要求，尤其是風景，彷彿看到我憂鬱的魂魄徘徊在那裡。這是無需加以解釋的，因為所有創作的作品都代表作者的心。

# 一八、失去的樂土

昨天翻了我在學校裡的抽屜，發現一張開學不久寫給美國印地安那大學W的信，事隔二個月，我讀著它時深為感慨，我很懷念他，可是覺得一切都過去了，於是不由得延續寫下去，然後將它寄出。這一個星期來，我壓抑著不打電話給G·L，想寫信都失敗了，心中時時浮起他的影像，卻不知要對他說什麼話，加上在學校工作的忙碌，致使我十分不安寧，晚上總睡不好，今天提筆，中途又放棄了，我希望他能先來信，可是我知道這對他是不可能的，如果我繼續沉默，一切又將喪失了。關於這一切，使我對自己的人格感覺低卑，為什麼我想去愛一個人，又顯得如此的低能和無助，毫無辦法令我這幼孩般的性質獲得快慰和滿足。黃昏本來約定做鋁門窗的商家來工地量門窗，匆匆由學校騎車趕回來，那人卻在昨日到大甲喝酒至今未歸而爽約了，而可能會回音的台中照相器材行也沒有消息，我的情緒變得低落了。到了六點鐘，天快暗下來了，我攜帶相機走到沙河，看到河床傾倒著一堆一堆滿滿

的垃圾和磚石，實在很難過，這種破壞自然的情景加上我的失意生涯不覺傷心起來。每天騎車從橋上經過，俯視著這童年快樂的土地，現在成為污穢和廢物的堆積之所，有時焚燒垃圾的火煙漫起，微風吹來撲在我的面孔，我哀嘆著而流下淚水。人類的自私、罪惡和無知，不知何時我們要遭到這一切惡行的懲罰。水流是污黑的，岸邊茂密的樹林依然引動我的心緒，我開始在這樣留戀、懷恨、尋求構圖美的發洩的複雜交揉爭戰的心情拍攝這同樣沒有陽光的灰暗景色，而天空越黑暗下來，越能為這拍照的工作感動。灰色天空，濃厚的高大樹林，幽黑的水流，就像是我此時的心靈一樣的哀怨。沒有人會說，這樣的景物有著什麼感動人的成份，但對我而言，這像是代表我生命遭遇的史實，它們實在不必要什麼奇偉和豔麗才能構成優美，也不需要奇形怪狀才能代表象徵；我所面對的真實就是我的思想所在，無需隱瞞我生存的種種悲哀。然後黑暗整個包圍過來，我的腳步踐踏泥濘往回走，從那昔日的牛車路瞧見市鎮燈光的明亮。看到這個景象，我奇異著，我的心靈和所有人類的心靈沒有兩樣，盼望著溫暖和快樂，這行程的回轉就是象徵著一股希望。

# 一九、放棄尋找

對照像館洗印出來的照片，我已失望到極點，我對自己親自洗印的要求日熾，但還需等候一段時日，因為房子還未建好，只有在心裡空空焦急著。

早上雨勢甚大，幾日前已在心裡醞釀的到月眉村去拍攝的計劃，今天是不能成行了；星期日的時間對我甚為重要，今天只能望天興嘆。我坐下來彈鋼琴排度上午的時光，午睡時外面有人叫醒我，原來是在工地做水泥工的阿雄，交談一些工地的事之後，他走了。我換衣服到屋外去，正遇到隔壁的表弟，我問他有事否？他說沒有，我要他用機車載我到白沙屯去，看一處被推平的大空地。每當我坐公路汽車經過那裡，被留在空地中央的三角形山丘總引起我的疑惑，認為是拍攝的好對象，現在我必須先去觀察，再決定時間做拍攝。路途中，有幾個磚窯的形貌也引起我的興趣，新埔一帶廣大的山坡讓人有開蔓奔馳的感受，在那裡開墾牧場是個極好的地方。

昨日清晨，我從床上起來就奔到沙河，到前日黃昏在那裡拍攝的地方，尋找相機的皮套，奇怪的是它沒有在那裡。後來我在草叢處發現一個大洞，有獸腳的足印，是不是被土撥鼠這類的動物咬進洞裡當一頓好餐了？我在那一帶來回地徘徊，到處是黑色的鵝糞。沒有想到尋找失物也有一番樂趣。我準備離開時，迎面來了一部牛車，我想他比我早到，是不是被駕車的人看到撿去了，但我和他交錯而過，他的神情冷漠，我抑住了詢問他的衝動。我一再的回想，不知道怎樣丟失和可能丟失在那裡，好像注定要遺失的，否則不可能會沒有半點跡象，實在感到奇怪極了。最後我認為是該丟的而放棄尋找。

時報人間編輯寫來了一封限時信函，附了讀者問我的問題；自從上次來信慰問我的健康後，好像對我頗有興趣，但來信的語句很可笑。譬如形容我的寫作為「像奧狄賽艱辛的旅程中，免不了有種種魔難。」又以葉慈詩形容我，「當年老時，步上最高的山巔，把臉在羣星之間隱藏」。又說應把「年老」改成「成熟」等語。我覺得他們像小孩一樣好玩。我現在當然不能再去應和他們的節目，那些副刊上的玩意，我本來就沒有濃厚的興趣，再看那封附信，總是多年來相同的問題，問我為什麼叫「七等生」，我認為不但是讀者，連我自己都沒有再去追尋的價值了，所以我合併回信說我已停筆，我的思想不合時潮，我不願陳述，也不願回答。

我最後整理的一本書《銀波翅膀》的稿樣由台北的遠景社寄來了，這一次打算慢慢看，我對自己的事也覺心煩。

# 二〇、販賣神話的人

從上月二十八日到今天有五天的時間，如果我訂下拍攝的日程和目標，一定有許多值得去發現和思考的問題，可是在這本紀錄簿裡卻是空白的。我不知道要是我能依照我的想法去實行，到底會有什麼發現和問題發生，我真的不知道，因為在這段時間中，我做了別的事，將拍攝的事擱放一旁。我會因沒有專注在拍攝工作上而懊惱嗎？不，或許有一點。無論如何，依然有某些拍攝的題材進入我的思想裡。當我上下班騎車經過馬路時，所見到的兩旁田園的景象，女工在晨間走著田間小徑到工廠上班的畫面，我知道有一天我不會再有機會見到這些，我能及時將他們拍下來，一定有記錄的價值；還有小學生走過山路上學和回家的情形，我心裡時常想到這些，卻沒有時機拍到他們。那麼在這幾天中我做了些什麼事呢？那就是校對我的最後一本文集的稿子，整個工作到昨夜為止，全部結束，今早將它寄到出版社去了。在情感方面，我沒有接到Ｇ・Ｌ的任何信息，但我更為 Spring 的現況擔心，我感覺自從

我不依照他的希望將我的書寄給他的大女兒當生日禮物之後，就產生著微妙的變化。他從我這邊拿去的錢轉借給他人，現在發生問題了，我和他都為此事焦慮，因為我的房子需要這筆錢才能完成，否則一切都完蛋了。這些痛苦和不安是自己找的，我和他同樣遭到一次很好的教訓。我只得寫信安慰他，也鼓勵自己不要喪氣。

昨天下午二時，我到國民中學聽美國某大學藝術教授某先生的演講，他帶了幾個美國留學生做環島的考察和講演。事前我不免有些許的猜測，他遲到來時我有點意外，到最後講演完畢是令我感到厭惡。教室擁擠著本地的教師和一部份國中學生，我端坐著品評他的講演內容，他不時用右手去掏褲子的後袋，卻什麼也沒有拿出來。他十分技巧化地從介紹自己的來歷開始到如何愛國為止，內容是一派宣傳味道。老王賣瓜，我是越聽越生反感的，雖然佩服他一生的生動活躍，卻對他的觀念和思想感到疑問，他說中國的事物都是好而優秀有前途的，外國都是野蠻可鄙而沒有前途的。我不認為文化的發生和創造文明，在國與國或民族或民族之間有什麼優劣可比，民族學和國家的地域觀念，這些神話實在討厭了，這些東西如果有政治因素在操縱就不是什麼真理。他說的學生在台灣看到的畫，都說是西洋畫不是國畫而產生不齒，那麼為何他們要跟隨一個中國籍的教授學水墨畫呢？他們將來的表現不是也要為別人譏笑他們畫的是中國畫而不是美國畫嗎？這種內心不誠實和不是真的認知的問題，我是聽不入耳的。如果今天在台灣的人都要保持國粹的話，我們就不必再談科技和引進新的經濟學，也不需要購買西洋武器了。這些與現代生活脫節，擾亂心智的問題，實在不談也罷。一個長年居住在國外反而回來向我們販賣愛國情操，不是很可笑嗎？我認為他的生活和

處理現實問題並不那麼中國化，他沒有穿棉袍（長袍）馬褂來，已經證明了這一點。鄉親的觀念只是一種常情，但今天在知識和認知上是探討人類生活的共同真理，東西方的二分法已經不合時代了。他在美國教學是一回事，另當別論，但他的思想如那麼偏頗的話，他在表現上的可取之處便都讓人懷疑了。他談中國的哲學、歷史、佛學和禪宗，以為我們都一無所知似的，我認為他並沒有多少實習的認識，只不過誇大其辭來炫惑而已。如果他真的是中國的哲學家，他應該去除別人會以為是沽名釣譽的作法，畢竟他自承是個文化尖兵，是一個宣傳的工具，而不是什麼自然渾成的哲學。愛國是高貴的情操，但假愛國之名圖私利有之，從真理的追求上愛國才是誠實可行的辦法。人類的前途不是單單中國人的前途，應有新的規程和目標；人類是一體的，不是分歧的；人類與萬物也是一體的，也不是分歧的。我從這位教授的身上和言談間似乎沒有發現什麼可愛可取之處，我也沒有發現他的學生有什麼靈慧之處。

# 二一、看照片要像讀書一樣

母親從台北木柵回到通霄來。昨夜我欲想打電話給G・L和Spring，但電話亭圍滿了也想打電話的人，終於打消了。我對自己到電話亭來打電話的事，感到很厭煩，關於這一點，我在給Spring的信中已提及，我對G・L是越來越失望了，他為何沉默，我不能十分明瞭，他說過他對不是恆久的事不抱希望，由這句話，可以料想他的感情如何。工地的事拖了這麼久，我的精神十分痛苦，至今還不知道何時可以完工，因此我決定在完工前都不遠離。原定今天和尤莉到台北看兩部電影——《現代啟示錄》和《克拉瑪對克拉瑪》——沒有買到火車票（漲價前都賣光了），又知道要去訂做門窗的事，我的興趣全都消散了。我應該學會凡事不影響到心緒，讓應該要做的事（不論玩或工作）照時去做，就是有重要的事來亦不加理會。但我的性質是一個事情沒有做完，是無心再進行第二個事情，這種情形可能因早些年寫作培養起來的。事實上也不盡然，我真的無所知曉我自己的本質，因為什麼事能引起我的興

趣，我便會傾向和迷醉那件事。而我又有不屈不撓的責任心。所以我的心中存在著許許多多未完成的事，使我一刻也不能放鬆，我的心思大都在盤算如何做好它們，這和我寫作的思考也很相仿。

已近一個星期沒有拍照了，但我的腦中不時地在思考這一類的問題；這幾天晚上，我常打開名家的攝影集來看，發現看照片要像讀書一樣，每一個細節都需看到，這樣一張照片要看很長的時間，我更相信看得越久越會有心得，一次看很多是沒有效果的。我照樣喜愛聽晚上十時的古典音樂，我不知道 G‧L 是不是也在聽，我曾在信中告訴過他有這個節目。

現在我洗完澡坐下來，想想從中午開始我所經歷的事，實在難以相信自己在一個週末下午會有那麼驚人的衝力。首先我在學校吃中飯，隨即老何和校長圍過來下戰書下象棋；我先和老何對弈，第一盤他輸了，他堅持再下一盤，結果他贏了。然後我和校長對下，他先贏一盤，但第二盤我扳回來。四盤之下，我感覺疲乏和頭暈，我告辭了，時間是二時四十分，我將腳踏車推出小徑，突然想到應該到工地去看看，於是踏車前往。在工地我看到我的房子原封未動，還是原來拆掉板模的那個樣子。我與工人談，才知道頗有內情，問題是他們做工卻沒有拿到錢，他們在抱怨。我對他們說：當你們做完他們的工轉來做我的工時，便不會有拿不到錢的情形。他們用疑問的眼光看我，他們不知道我，他們長年做工所經歷到的都像他們剛才在抱怨的情形。我試著跟他們談一些條件，當他們來做我的工時，我將單獨親自給他們優惠的工資和招待點心。我趕到鎮上，在賣豬肉的攤位找到建屋的負責人，我將一些問題請教他，希望以後有關我的部份的建築由我自己來負責，錢我直接付給工人；我對他說我交

給他的錢做到目前的部份應該足夠，前幾日已大概會過帳，本來約定今天再交給他兩萬元，我只給他六千元申請電路的費用。他答應可以，我請他和我一同到工地，再與工人談這個新關係，在工地我對工人說，依照我擬定的做，大家講好新價錢，他們全都答應了。我和他回到鎮上，約定分頭去找另兩班早先來砌磚的工人，要他們不要約束現在接他們工作的工人，並且放棄他們從中扣去的一小部份的錢。我回到家後便去找表弟，要他用機車載我到圳頭里找阿雄，他是先前砌磚的工頭，我在他們工作的地方會見了他，就蹲在那裡商議起來，他是三十多年前我家由鎮上遷往鄉下躲避戰爭的轟炸租用他父親的農舍而一起牧過牛羊的朋友，他對我向他說明的都接受了。我達成了任務回到鎮上，再去做鋁門窗的商家，約定明天早上八點半到工地去安裝。回到家門，母親和家中大小都已吃過飯，我坐下來喝點酒，解除一身的疲勞，我是真的疲累了。我現在想起來，蓋房子這件事，演變到今天會有這麼複雜，其中牽涉到分工的問題，和當初的負責人沒有盡責規劃妥當，每一班人之間並沒有多大的連續，其中他們是零散地在四處包工而做，因此一所房子要蓋起來，其間就會有脫節的現象，屋主就需要到處去找他們商量時間，而往往工人並不如約前來，而有些屋主在付工錢時，也不一定依數照給，這之間就變得恩恩怨怨了。我這外行人，第一次蓋房子，錢交給負責人，他周轉去找阿雄，他們向他拿錢拿不到，他們便怠工了。而他們並不知道我，他們是認錢做主人的，所以現在我明白了，才有這整個下午的行動。不過將來情形如何，是否會好一點，也很難料。他們是為生活而工作的人，大都很善良，其中會有大聲吵嚷的情形，都是為利益的問題而發生的，是一點一分都要計較的，今日的社會雖很繁榮，可是我對他們同情極了。我想對他們

表示慷慨，是基於上述的心理；我也很窮，可是我真的不能和他們一樣去斤斤計較。想到在城市蓋大廈的工人，他們的心就更為悲悽了，他們並沒有享受到那大廈的氣派和舒適，只為了謀生而工作，他們大都是鄉下的，租居暫住，妻小依然留在家鄉，那種離鄉背井的生活是有目共睹的。這種社會的畸形，就是這個社會的真正問題。

# 二二、深沉的痛苦

準時八時半，做鋁窗的準備好等候我，到工地後即開始做他們的工作，我在屋子的空間走來走去，告訴水泥工關於昨天黃昏我和阿雄談妥的事，要他們也履行他們答應我的。這些工人的態度都很曖昧，當他們口中哼哈說好，並不一定就是好，他們隨時會見風轉舵。我帶錢去，先給他們一部份錢，要他們相信我。接近中午時，鋁門框架已經做好，一位做鐵門的人來了，我要他量量做拉門的尺寸。這位做鐵門的青年和做板模工的兩個人買了東邊的地，也準備蓋房子，但水電的事不能解決，於是我帶他們到鎮上找負責人，結果他一口答應要給他們協助。他們原本想請我吃個飯，在一家餐店叫了水餃和牛肉吃，我想他們是想酬謝我，所以到這家餐店來，要是為人所知，變成請了他們兩個人，我覺得不妥，因此我堅持付錢，變成請了他們兩個人。下午我突然想買一部機車，做為將來山上和鎮上之間的交通用途，我去看了一部三陽的車子，並且試騎到工地去。水泥工又來向我斤斤計較，原本說好的事又有了變動，他們這種

態度使我不高興，可是我極力抑制自己不發脾氣，他們要什麼條件我全部答應，但我告訴他們工作作必須要做好。回到鎮下我去找負責人，請他打電話為我叫磚。晚上去台北的尤莉回來了，我和她一起去看機車，並且買成了，決定這幾天車子都存放在店家，等母親回台北木柵後再牽回來。

我會陷入於這種忙亂、疲勞和食不知味，實在始料不及，但是無論如何，不能洩氣，必須做到完工為止。現在錢已經不夠了，我盼望 Spring 方面一切順利，以便早些把錢寄來。母親年老有病，我很感憂患。又是一個不能成眠的夜晚，我躺在床上時，屋外的機車聲充盈在我的腦體內，承受著那響亮的馬達聲的折磨，我只得重新起床坐在沙發裡，把耳機套在雙耳上，打開收音機聆聽音樂。我的眼睛必須看著什麼能觸引我思想的東西以排除我在白天操煩的事務的印象，想到那些工人的貪婪令我憤怒極了。這使我聯想到歷史記載中的那些嚴酷的主人，以刻薄對待僕人或低階層的工人的情形，他們實在是太懂得人性了，而我也知道他們所留存在卑賤的人的是什麼東西，但我卻硬不起心腸，因為根本不能夠駕馭他們，反為他們人性的控制。我的積極態度，到頭來只是顯示忙亂而已，並不得到更好的結果，反觀他人處事的沉靜和若無其事的態度，他們一樣會獲得結果，而且不會更差。我知道我該學習和磨練之處仍多，卻對現時的境遇感到無比的難過，極想痛哭一場。

打開尤金•史密斯的影集，我拿到它是順手的，想看一些風景照片來解愁，相反的，尤金的影集中的照片大都是以人為主題，黑色的部份特別多，到底是實景拍到的，還是暗房的處理，我頗表懷疑。此刻我怕看到人類的疼痛，尤金的每一主題又都是那解不開的深沉的痛

苦表情，翻到咕嗞之死時，突然升起要自慰的念頭；一會兒，這個我青年時習慣的慾念就消褪了。然後不知不覺又翻到我認為印象最為深刻的第二次世界大戰拍到的士兵死亡的照片，細看他，那是一個漸漸腐蝕的景象，臉部的肌肉已消陷，暴出牙齒和顴骨，手指也露出了骨節，但他睡在土地上卻很配合，這一點就是所有恐怖的中心。

# 二三、伎倆

早上我利用一點時間到彰化銀行苑裡分行領錢出來，我趕到工地時他們還是未做我的部份，他們應該懂得如何做，反而問我外行人要怎麼做，表面上是尊重我的意思。實質上是要推卸責任。中午時我想，我不應該焦急，因為催促是毫無效果的。這一切都是人性的問題，但願這一次的苦難能快過去，使我能在精神上休息下來。Spring 回信來，真令人沉痛，但他仍寄了錢來；他是被那些家裡的朋友所設計欺騙，那些遊戲人生的人是心狠手辣的，我相信我的心和他一樣的痛苦，為何會輕率地借給他們那麼多的錢，我真為他不能從他們的人品上去做判斷感到惋惜；這一次打擊會不會影響到他的健康，我想是不能避免。我對現今的人的無信義心深惡痛絕，撒賴、欺騙、怠慢都是這種人的伎倆。

我越來越明白報紙的宣傳和欺瞞羣眾的作法的可恥現象，譬如那些所謂五十年代的作家，自吹法螺，又享盡一切現有的權益，幾乎使六十年代的一輩嘗盡了生長的苦痛。他們是

附屬於政治權勢的一批人，那有什麼可貴表現呢？情勢如此，他們把持了地位，佔盡了權益，現在他們想抹滅六十年代辛勤表現的功績，以為七十年代的青年是他們培養的，看著吧，拿出成績就知道了。台灣的文學創作，將來會為文學史歌頌的是六十年代才是。

前日我在聯副看到R君的作品〈青春〉，寫的是在某鎮生活的一段心態，我讀來頗覺親切，因為他矯揉的行文是我所熟識的，他的回憶的本質也是實在的，能夠將它構成一篇文章也是可愛和可貴的。畢竟少有人能夠這樣道出自己生活過的年輕面貌，我當時和他是常在一起的朋友，顯然我的個性不會像他那樣巧飾著自己，而我相信他的聰明為他自己所規劃的表現太偏頗而又太貧乏了，他真正缺少的就是天真的幻想，時常在現實中和朋友們爭勝而已。

一個人缺少以幻想來補償現實，必然不能擴大心胸和視野，而現實絕不可能完整，因此他的所作所為時是傷害到朋友時是深痛的，這一點以他即興的熱情來補償也無濟於事。幾個月前，我和Spring在台北的一處廣場遇到他，我們正要去吃個飯，他也是來應別人的約，我們交換了一句難得相碰的話後，就無限感懷地又分開了。假如我知道人性的話，我和他永遠也不會再做什麼知心的交往了；事實上他為生活的賣力是十分可佩的，也比我生活得好和愜意，可是我如果一心想遠離人們，也包括要遠離像他這樣的人。

我不知道現在自己的面貌模樣如何，在長期的失眠和心煩疲累之下，我很難想像自己是什麼樣子，好像我許久沒有照鏡子了，竟對自己陌生起來。

# 二四、夜景

一個星期來相機一直存放在櫃子裡，好似不曾有過拍照的事，把它忽了。晚飯之後，我想把相機拿出來，先在門口處對著夜空，試試光圈和焦距對夜景的處理，而在夜色中，因光線的不足，速度的決定就是一項重要的技巧，必須從經驗中去辨別，去計算合適的時間。

我帶著腳架出去了，還沒有決定要拍攝什麼題材，夜色中的事物和白晝有極不同的面貌和內涵，幾乎任何事物都有詭譎的意味，暗藏著使人產生相像的濃厚成份。我不想去拍熱鬧的市街的夜景，心裡知道沒有把握，我出來是為了試驗有關時間和光圈的調整問題，最好選擇一個僻靜之處，可以慢慢思考和操作。我走到一條市街的路尾，那裡堆積著很多原木，旁邊的小空地是一家汽車修理廠，一輛小轎車的後面被千斤頂高高地架起，地面擺放一盞燈光，清楚地照亮那後輪被拆下來後露出的板葉和車軸；我再觀察附近的環境，左邊有一部廢棄的車體，撞壞的模樣很可憐而醜陋，右邊前方停放著一部裝貨的大卡車，有說話聲在卡車的那一

邊的走廊上，不知在修理著什麼物件。我擺好架子，安上相機，開始做決定拍攝的準備，鏡頭裡呈現出主題外的木麻黃樹的遠景和灰黑的天空。我希望在那部待修的小轎車底下有人仰躺著工作的情形。一會兒，兩個青年帶工具來了，蹲在那裡，或站著，我更希望能拍到好的面部表情，但我又怕失掉機會；由於我希望能有一張很濃厚的黑色部份的照片，我決定把光圈加大；而且我也不希望打擾他們，使他們過來干涉起見，我必須快點按下快門；我終於在其中的一位走過來時，按下快門。他來問我做什麼，是測量什麼嗎？我心裡明白他不懂見識，但我還是照實說：拍夜景。後來我又以同樣角度拍了兩張。我把方向轉到最先注意到的原木，鏡頭裡一片漆黑，光線當然不足夠；我把速度調到A，按下快門，數著一、二、三，實際時間可能只有兩秒多鐘。這四張花了約五十分鐘拍到的照片的成敗，正好可以給我一次經驗，做為下次拍夜景的依據。我轉回來，在家隔壁的走廊重新架好，想拍對面空地堆積的廢鐵管和廢腳踏車，有一塊房屋的廣告招牌立在背後，我記得在白天，也曾以此為題材拍了幾張照片。當我企圖獵取從面前的道路經過的騎車者時，意料之外的是：在按下快門和自動收回快門之間，對象已經跑掉了，讓我驚奇了一下。我在那裡等著，始終沒有滿意的人物闖進鏡頭來，我想慢速要拍動感的照片一定失敗，我只好拉下自動拍照的機關，自己跑去依靠在鐵管上，但距離很遠，我聽不到咔嚓的聲音。我的頭也一時不知要朝那個方向，可能不穩定，料想注定也是失敗的。我收拾好進屋去，今夜的工作就告了一段落。

# 二五、唐吉訶德的迷幻理想

　　H死了，他是文藝界熟知的人物，新聞報導著他的死訊。我認識H是F的介紹，時間約在六、七年之前，F主持的藝廊結束後轉到他的辦公室做事，有一天晚上，我和F和H夫婦，在西門町的一家餐館吃火鍋交談。那時世界發生以色列突擊隊搶救非洲恩德比機場人質的事，對於那次的突擊成功，似乎鼓舞著所有反暴力行動的人士；昨日在英國倫敦，伊朗大使館亦有英國突擊隊制服暴徒解救人質大快人心的事，惟惜上週美國卻未能成功地到達伊朗德黑蘭解救大使館的五十名人員。談恩德比機場的事，我不斷地注視著H，像軍人出身的他便有種希望自己是其中的指揮官的願望。的確那是一件很令人興奮的事。我想不幸的戲劇也從那時開始罷，F的性情極其容易和才智特殊的人墮入情感的糾纏，而才智型的人的情感顯見都是脆弱的，當他不得志時，尤其想依賴額外情感的慰藉，他們的愛戀雖然講究知性，然而情感和現實生活有違背之處時，悲劇的發生是不可避免的。隨即在某一晚，我和F單獨在

良士餐廳吃晚飯，她所告訴我的他和H之間的真實情形，使我大吃一驚，竟然被稱為正人君子的H和他的髮妻離婚了，她遠赴美國，而H決定將他晚年的感情依託在F的身上。不久我就聽到其他人士批評F種種行為使家人氣憤的事。然後是H的妻在美國去世的消息又一次驚動我的思維（我的這份想像偏重於使道德意識和命運的支配的關連）；又是F舉家遷居美國的消息；直到今年二月，她突然給我電話，在話中哭訴著自己的命運，她是回來看H的病。我記得和F最後一次晤面所談到的過去和現在的種種情感留下的悲痛情況，我認為她已在發瘋的邊緣，我驚奇而有些不耐地聽她重複過去說過無數次的所懷抱的情感觀念，我知道她在欺瞞著自己，譬如她以為慈懷和愛是她的本質。她對我說H快要死了，她已照顧他近兩個月了，可說盡到了情義的職務（這點我不反對），她想在H去世前離開，因為去目睹他的死亡是不可想像的事，也是她應該逃脫自己發瘋的唯一辦法。我沒有再和F連絡。F最後來一次信，說幾日內就走，我寄了一本書給她，她到底走了沒有，我不清楚，而昨日的報紙說H死了。我深深的明白他們的悲劇是這個時代所給予的──一個任性的女子和一個不得志的理想主義者的會合和分開，H是不折不扣的此時代的唐吉訶德，他的現實世界是悲痛的，而他的精神充滿著迷幻式的正直理想。

午後學生領路帶我到每個鄉村家庭去訪問，走之前，我喝茶時嗆了一下，遇到這種情形，我常有不幸事發生的預感，終於在山道的途中的坡道上，機車失去控制而滑到坡下，右腿受到嚴重的壓傷，訪問的工作被迫中途停止。回家時，母親身體不好躺在床上，我裝著沒事，問候她，並為她按摩腳部，使她減輕頭部的暈眩。

# 二六、腿傷

盼望G・L的信來，但沒有。

情緒十分低落，腿傷的疼痛不良於行。早晨七點鐘就騎腳踏車出門，到工地負責人家吩咐他送建材到工地，再到水電找漢貴，鐵門關著，從洞口望進室內，他的機車在裡面，但叫不開，似乎聲音傳不到更裡面的內室，我想昨日媽祖生，他必定喝多了酒還在睡覺。轉到西藥房買白金膏貼布，再到雜貨店買香煙，然後到機車行，轉換昨天寄存在那裡的機車直奔學校。到學校後，我為自己清潔傷處，換上新的貼布。整個早上都感覺憂悶和不樂，這樣的情態如再延長，我的精神會完全崩潰。我心裡盤算著房子建好後必須徹底的調節生活的秩序，並盼望精神能夠好轉。

# 二七、安瑟‧亞當斯的攝影

母親表示今早回台北木柵，但身體還是不好，又決定不走了。氣象報導今明兩天有雷雨，是梅雨季的序幕式，梅雨期間到六月中旬。工地負責人不但沒有把石棉板和木條運到工地，全家人都不見了，今早去依然鎖緊著鐵門，我決定自己去辦。我和水電行漢貴接頭後，他答應去改換水電表的位置。我全身和精神瀰漫在低落的沉悶情緒中，但我告訴自己，這是目前未決的事使我焦慮造成的，我應學習急事緩辦的態度，凡事要冷靜、看透。

安瑟‧亞當斯影集中，有一張人像蘭德博士，使我看出對半光影（半面亮，半面暗）的價值，並不一定適合於任何人像，而只能對有奇異眼神的人可用。蘭德博士有一對怨憤的眼睛，使人對光面的那一隻有深陷的黑影和另一隻隱藏在幽暗中鎩鎩地注視具有廣深意味的印象，其實這是一張不甚特殊的人像，卻在我不斷審視中瞧見他的靈魂。我甚至認為安瑟‧亞當斯是最會利用光影效果的魔術家，他的意念都是經由黑線和空白之間所形成的繪畫效果

呈現出來的，不說他在景觀的攝影中的優異表現，就是以不足道的平凡體裁亦能窺出他的惡作劇的幽默；例如那張墓石雕刻所露出的腳底和壓坐的臀部，使人以為是炭筆的素描，又像是鄉下赤裸的小孩污泥沾染在肢體上凹陷的地方，或者令人想到有無數爬滿的螞蟻，更可驚的是讓人連想到死後肉體的廢置。所以他的攝影並非寫實，而是充滿了詩的意象，其中有諷刺的意味，當然最不可少的是莊嚴形式。他有幾張是關於宗教的畫像，十字架墓碑，教堂的照片，其中一張是白色十字架和教堂，一條繩結所投下的影子，就像是一個被吊死的人。他的照片中物像的線，成為他最有說服力的語言，而大片的投影則強調其隱藏著存在的生命史實。他常能站在最適當的角度，把對象的稀有面貌化成他心中的意念。他的人像毫不遮掩地顯露不能長久的生命的某一種結論，由短暫的肉體轉化為永恆的精神，我們幾乎可以嗅到他所拍照的老婦人留存於她和空隙中瀰漫的情感氣息。他對華美的崇高建築的莊嚴敬意，同樣可以用在簡陋原始似的土塊建築裡，兩者分不出它們存在的上下價值。他本人坐在巨魔般的樹頭的模樣，十足是個精神病院裡逃出的瘋子，他的眼神銳利地注視著，讓人察覺他正以某種思想角度在評斷這個世界。我還認為不能僅以某種形態批判到他本人的情感世界，因為做為攝影的藝術家，他的悲憫之心和他的原始情慾的喜好，都能訴諸於審美的功能，如果將印地安村人的那一張哭泣的婦人，與 Margaret Bourke-White 和貓的清新喜悅對比來看，更能證實這一點。最後說到他的經典之作，還是那些他苦心發現並將它表現出來的景觀的自然事物，在那裡無法讓人否定詩的純粹。

# 二八、受創

這三天來，我的情緒變化極大，我的受創也極深，我滿懷心的疼痛，卻還要面對現實世界過日子，我極想一走了之，把一切的親情都扯斷。週六上午十時四十四分，我陪年老多病的母親搭火車回台北木柵，在火車上一路平安無事，我大部份的時間在看安瑟・亞當斯的攝影集，她憑窗眺望沿途的風景，偶爾她和我交談幾句，都是吩咐和關懷的話。這些話的內容和形式，我越來越感困惑，不知是慈恩或是阻擾我思想行為的暗影。到台北下車走過天橋，我的右腿傷痛不便於行，只能緩慢地拖著，而她的腳步也同樣地緩慢，正好可以配合。

走出站外，下著雨，我上身穿著雨衣，她撐著傘，她告訴我要走陸橋到重慶南路搭公車，這與我心裡的盤算不能謀合，依我們兩人不良於行的現況，馬上坐計程車才方便和合理；她年老了，我多花錢雇車給她坐是應該的，她反對的理由我心裡非常清楚，車資貴想為我省錢。

當我們坐上計程車後，車子從重慶南路駛下，她竟做出非常奇怪的舉動，回頭從後窗望著公

車的站牌，並且看我一眼，表示可在此下車換乘，我不肯，她才作罷。到木柵二姊家，是標會日，鄰居朋友很多，但約一個鐘頭後，人們都走了，恢復了平靜。晚飯前我洗了澡，飯後和甥兒下象棋，本想出去看電影，太晚了便作罷，到樓上休息。可是我沒有睡著，再起來看電視，妹夫回來後，我們又下樓想吃點東西。我走進客廳便看到母親對妹妹以忿忿的表情加以威脅著，我聽出內容後，我忍不住發脾氣了；這是我多年來第一次感到無法再忍受她的觀念，連帶午後坐計程車的事，使我大聲地責問她的不對。她平時不接受子女的孝敬和安排，深深使我們感到無福可享，何況就我記憶中起，她過份奉承別人的態度，成為我們後輩無法伸展出對付現世的智慧。我們都知道她一生的勞苦，可是今天我們都已成長，快半百的人生了，她依然固執己見，阻撓我們的所作所為；老實說，我們要為她安排使她安享晚年的日子，都已束手無策了。最後是使得我大發怒吼的聲音，天啊，我希望天地之神體察和審判我。

週日上午我從木柵去市內，和遠景社的沈先生會談出版我的書的事，然後在十時半去看了一場電影《克拉瑪對克拉瑪》，午後一時三十五分的火車回通霄。時報副刊的信已在家等候我，這是同樣性質的第三封，我有點不耐煩，於是草擬一封給讀者的信文。

今天我把昨夜的信文抄好，定名為〈再見書簡〉。S十一點鐘來校看我，我們一起吃了午飯，兩點半他搭車走了，我回學校，下班時到工地把錢交給水泥工人。回鎮上影印信文並寄出。回家後想坐下來好好冷靜休息，湯君的聲音出現在門外，他進來後給我一張紙條，是雷驤、張照堂、阮義忠三位先生在海水浴場碰到他，他們走時要他傳達給我到台中晤面。

時間已經五點三刻，我不但疲乏而且滿身污汗，必須洗澡，想來他們並非專程來訪，只是路過，也就打消了赴約的念頭。當我進浴室洗澡時，沈君的限時信到了，要我草擬書本封底的介紹文，我即刻寫並寄出。現在已經晚上十時過了，我最好躺下來休息了。

# 二九、攝與被攝合一

奇怪而令我高興得很，我前幾日注意到的安瑟‧亞當斯照片中的人像蘭德博士現在才讓我發現他有一篇文字在攝影集的前面。他對藝術的認識頗令我佩服；他的一些話真可讓我將來在從事攝影時的提醒作用：

——引誘所有藝術家誤入歧途的是濫情感傷。

——最抽象的觀念莫過於任何媒體都不可能抽象。

這使我明白他為什麼有兩隻懷恨的眼睛。他讚譽亞當斯把司空見慣化作陌生新奇最能產生巨大無比的美感力量。

要命，我的左肩胛，痠痛得我不能聚精會神讀書，我趕快起來，找到一塊藥膏貼布將那

地方按上；每當我想坐下來寫點東西或看書，痠痛就不邀而至，像魔鬼來擾亂我的意志。

我還把坐在大橡樹盤根上的愛德華・威斯頓在過去誤為安瑟・亞當斯。但這無關緊要，他們兩個人的成就相當，安瑟・亞當斯拍愛德華・威斯頓，愛德華・威斯頓就是安瑟・亞當斯，到底誰是誰，也就沒有關係了。

# 三〇、藝術創作與自白

藝術不會因為在題材上沒有迎合現實口味而失掉它存在的價值，也不會因為沒有符合表面的道德形態而失掉它的獨立光彩。藝術的獨創和自由精神重於一切俗世的企求。由於藝術的存在，使我們在知識上從俗世的偽善和面貌中區分出來，使我們體悟到生活和生命的存在對立；因此也使我們有機會以良知去尋求生活和生命的諧和一致。藝術家的工作和生活常被指為偏激或異端，但我認為一般人在意識上的朝秦暮楚，隨波逐流，何嘗不是一種愚盲和偏見呢？

# 三一、幻影

精神是隨肉體相伴而生的，也隨肉體的敗亡而逍逝，這是極平常的事；但有一種靈魂是在人死後留存的，它稱為精靈，是由肉體的感覺中抽離出來的，它的形成和存在是經由人的精神表現留存在天地之間，也各俱善惡的形貌讓人瞧見和感覺得到。有的人會在親友死亡後，瞧見幽魂彌留在屋子裡；有的人會繼續去做死去的人所願望的事；更常見的事是：每個知識人都會感悟某些前人曾表現的事蹟，而在人格上效法它。精神不是單一的事物，幽靈的存在是具有複雜的素質所組成的，在白晝間明朗透徹的空際，事實上瀰擠著層層質素，這些看不到的微妙存有，不是固定在那裡，而是不斷地交混變化，造成各式各樣的形勢。這種形勢無形中在操縱和影響我們的心緒，在我們的呼吸中進進出出，有時給我們極為突然的激勵和靈感，有時使我們鬱悶痛苦。

昨日下午二時，我到工地去，但馬上又回家來，想修剪庭外的樹籬，卻自覺體力不足和

右腿不適而作罷。約在四點左右，我到了海水浴場，這是今年第一次入海沐浴，不覺做出讚美和感謝的叫喚。游泳時，影響到腿傷的疼痛，只做短短的試游，我泡在水裡，一會兒便走上岸來。晚上我提早睡眠，但整夜都意識到右腿的傷痛，起來察看才發現比前日更為腫大。

早晨我幾乎決定不去學校上班，我十分擔心它的腫傷不能消退，打擊著我工作的情緒。在這腿傷的期間，我意外地發現有一位騎腳踏車的女郎，每天早晨在我赴校上班的途中，與我對面交會而過，她很消瘦，形貌完全不像這鄉村的女人，她的衣著和那騎車的姿容有特殊誘人的風格，最奇異的是我始終無法正確地辨識她和形容她，她好像是空氣中的光線集聚而成的幻影，她的存在很奇異，我分不清楚她是魔鬼，或是天使。

# 三二、問題叢生

昨日黃昏下班到工地去，與那些工作的人盤桓到日落散工為止。在這時，幾天不見的工地負責人出現了，穿著白衫和紅花長裙，傾斜著肩膀，臉上掛著裝作出來的笑容，出落著病態的美。據說他為債所逼，逃避了幾天，我吩咐的工作，他沒有為我辦，也沒有說是什麼理由，最後還是我自己去籌設。我問候他近日情形如何，他簡單地回說病了。我現在明白他是愛面子的人，不願坦率說出他目前遭到的窘狀。目前他似乎不願再管事了，各建戶自行去完成最後的部份階段。他來是吩咐他們的股東晚上在他家開會。我慶幸不是他們的股東，我是買了他的地，另外付錢請他代辦。今天下午我到工地詢問某些人他們開會的情形，得知的結果是帳目不清楚，還要複算。他們的水泥沒來，正在用我的，我不知道往後會發生什麼問題。水塔也來做了，但磚不足夠，工人一塊一塊地在洗磚，十分辛苦。本來一切都是很簡單的事情，因他們的股東中有一部份人沒錢，負責人為了掩飾這一部份，

帳便混淆不清了，事情因而越變越複雜，而沒有錢去推展工程，問題便叢生不已。工人是最現實的，有錢才做工作。

這一個星期來，每天早晨起床，右腿的疼痛幾不能行走，走路不方便十分影響我到校授課的情緒。早晨尤莉用蛋白為我塗敷，而我過去用藥膏貼布效果不明顯，下午三點半，我到苑裡看醫生，打針吃藥看是否能好轉。

晚上尤莉告訴我，玉招從台北打電話來，說母親已進三軍總醫院。我聽後心裡十分難過，憶起上週六陪她北上，週日我要回通霄向她告別時她猶躺在床上，我從她的眼神看出她的困惑和恐懼，除了吩咐姐姐陪她進醫院外，我因職務在身不得不速回通霄，但我內心卻帶著無比的憂愁，我想不出有什麼辦法來安慰她，我知道她的境況對我而言，比什麼都更令我難以安寧。母親啊！妳的一生太不幸了，而妳的不幸也是我們子女的不幸。

# 三三、真實與想像之間

昨夜我出去打電話到木柵，二姐不在家，留兩個孩子在家，我詢問誰到醫院看護母親，欣諭說是小姨（玉招），我心裡又怒又鬱，但對小孩不便發作出來。我站在電信局走廊猶疑著，在一種矛盾重重的心情之下撥電話給G‧L，聽到他朗快的聲音，出乎我意料之外，他的第一句話就是：「你還記得我啊！」像是又高興又責罵的意味。我已有很長的時間（三、四星期）沒有聽到他的聲音，過去他總是以低悲的聲調對我說話，可是說突然間溫慰著我剛才不快的情緒。他告訴我私人的新的電話號碼，要我重撥試試，我照做了，他就轉到自己的房間和我說話。我問他接到我的信嗎？我再問他為何不給我寫信，他說寫了，可是沒有寄；為何呢？我追問他，他說晚上寫的信，第二天早晨看了之後便改變主意了。我問他歡迎我去嗎，不必看他高興不高興。聽到G‧L的聲音，那是一個極度吸引我進入的世界，但恐怕一旦我不顧一切走進去，它會像我心中懷疑的而改換了式樣。

我總不能依憑我的聽覺的感受去行動，我過去試過幾次了，G・L的真實面貌和我的想像之間有極大的差異，他在那裡，我在這裡，還是保持這種距離罷。

# 三四、探病

週六午睡起來已快三點，我突然想要給G‧L打電話，他在抱怨，以為我已經在高雄，這是不可能的，我想說到台北看母親，他說他有事到台北見哥哥，我叫他趕快行動，在台北見面，他又說要考慮，我想把台北木柵二姐家的電話號碼給他。我即時趕到車站，正好有一部計程車要北上。在中壢暫停時，我買了兩張貼布敷在右腿腫傷的地方，它實在給我極大的不舒服。到桃園，我打電話到高雄，終於知道G‧L已出門往北來了。我改乘火車，買了一份《中國論壇》的雜誌看，其中的報導真是胡扯拉雜，無事當有事看，台灣的政治性雜誌如此低級，可以揣度台灣知識界存在的虛偽和幼稚的情形。到台北先到三軍總醫院，母親好好地躺在病房裡，我聽她詳述檢查的經過，一切都很令人安慰。到了晚上八點鐘，我才回到木柵吃晚飯，對老人家而言，我看到我們都盡了應負的義務。到了晚上八點鐘，我才回到木柵吃晚飯。約九時二十分時，G‧L的電話來了，我心裡很高興，急速地趕到希爾頓飯店的咖啡間

見他。他穿著單薄的上衣、牛仔褲，依然是老樣子。台北真的是個大城市，他顯得有點拘束。他說冷，要出去買件夾克，出去後，又沒有決定買，我們走到對街的中國飯店，他想打電話給哥哥，我們走進大廳，我坐在角落的椅子等他，然後我們就在那裡交談。十一點鐘時，我陪他到板橋，然後我回木柵。我躺在床上始終睡不安穩，右腿的痠痛侵擾我的精神，也覺得寒冷而不夠溫暖。翌日早晨，我一面等候二姐辦些事要一同到三軍總醫院去，一面躺在沙發看報等G·L的電話。到九點半，他的電話來了，我叫他到三軍總醫院來，於是我告訴二姐我要先走。到三軍總醫院，他隨即也到了，他說哥哥那邊沒有衣服，我們又商討要去買。我請他在醫院的對面小餐館等我，我要上樓去看母親。母親很安好，一會兒有她的朋友的子女前來看望她，我告訴她，月娥隨時就要帶東西來，我有事要離開，並且中午時分回通宵。我和G·L一面散步一面交談，事實上我們覺得很無聊，我提議去看一場電影。我們看的是一部描寫人的害羞心態的影片，有些地方真叫人大笑不止。這部外國電影令人稱道的部份是：那位本來存心要欺騙的郎中在兜售給主角治害羞症的寶貝之後，反而轉變過來處處去幫助他追求安娜的心願。我和G·L決定坐下午兩點的火車南下，我先買了車票，然後和他去吃中飯。他現在不覺得冷了。在南下的火車裡，我們交談頗為愉快。自強號火車在彰化停，我下車轉車回家，他則繼續南下，我到家已六點鐘了。

許久未有音信的 Sagio 留下一張字條在家裡，不巧他來我不在家，我回到家是六點半，他走時是三點半，相差三個鐘頭，家裡除了兩個小孩，沒有人招待他，實在十分抱歉。他的字條這樣寫著：

All is allright

他沒留下地址。他應該是個單純的人，但他的行為卻叫人有撲朔迷離之感，這到底是他的缺點還是優點，我始終搞不清楚。

Sagio　三點半

# 三五、暗房器材

我的腦中佔滿了Ｇ・Ｌ的影子，真該死。昨日黃昏下班回到家，馬上帶著樂譜要出去影印，準備寄給Ｇ・Ｌ。在路上，有一個人呼叫我，告訴我國際照像館老闆娘請我去，我說我正要去呢。我到那裡，才知道有一部份暗房器材已經來了，我連忙道歉和稱謝，因為我幾乎有兩個星期沒有來，自腿傷和忙碌之後，我沒有拍攝，所以沒有帶底片來沖。事情就是這樣奇怪，我焦急期待時，事情總是延遲無法進行，等我放鬆，甚至忘懷了，它卻在不知不覺來臨了。我把影印好的樂譜先攜到郵局投遞給Ｇ・Ｌ，然後回家拿錢和騎機車來搬運器材。我坐在地板上拆開紙箱，對那些器材先做一番的認識。放大機沒有說明書，不知道如何安裝。我把沖過的底片拿一卷來練習做沖底片的裝捲工作；沖片罐內的槽構架有兩個，起先我不知道怎麼做，經過不斷摸索，終於明瞭而順利地學會了。剩下的時間我便重新思索暗房裝設的問題。

# 三六、縱容與宿命

昨日上午學生考試，我利用監考時間把一部份考卷批改完畢，中午休息片刻後，到工友家裡把配給米綁在機車後座準備載回家，途中我轉到工地去看，一切如舊，我內心嘆息著，不知何時何日才能完工。回到家，我開始以僅有的書本知識拼裝放大機，經過一段時間的摸索，居然可以使用了。

一個疲憊萬分的軀體，躺下來卻不能成眠是很痛苦的事；我近日來又故態復萌，事實上並不是近日，而是長期以來，只是有時不太去覺得，也懶得去思想它罷了。整夜翻來覆去，右腿痠痛，睡了幾小時已經天亮了，雖然知道不足，醒來後就沒法再入眠了。每天早晨起身總覺得到處都是病，腰痠、頭暈、有些感冒。

近代的文明，它的成效從互助合作上可以看得出來，每一個人基本生存的條件，就是具備一樣工作的技能服務別人，他的工作所得便能購買到他在生活中所需要的物品。話雖這麼

說，這個人類世界的紛擾，卻發生在人的內部情緒裡，人們在他心裡所嫉憤的是職業項目的貴賤，而沒有想從道德意識上去安頓自己。到處都是如此，自認自己所做的工作低卑的人脾氣越壞，譬如那清理水溝的，大清早一面拖著那隻長竿，一面大罵。每天我醒來便聽到屋外這種令人心痛的聲音。但願這種聲音不要被惡棍聽到。近代社會的畸形發展和諸種不幸的導因，是國家太重視經濟的表面成效，而縱容商人的貪婪；商人因此把自己打扮成傲視一切的貴人，政府的官員都必須尊重他們幾分，甚至最好找機會連成一氣，形成官商勾結的現象。

相反的，必須用勞力以日計酬的工人就顯得十分低微，而抬不起頭來了。商人的整潔外表和禮貌贏得仰觀的好印象，而工人的襤褸和粗魯的談吐就顯得下流；實質上，商人是狡獪的而工人大都直率誠實。外表上的表現正是從內裡的需要反映出來，商人為了獲利越多，便偽裝得更為妥切，以贏得充足的信心；而工人本身的宿命觀常直接發洩在工作中，他們正是笨得越暴躁就越貧窮。現代的政治必須做到協調這兩者的利益的平等，雖然人類依性質而扮演不同工作角色，但在生活利益上應該平均分配，也就是要抑制商人的剝削和驕奢的作風，提高工人的效益，使他們亦能重視他們的表現，自我教育而能和其他階級同具知識水準，而不使他們落入窮困產生自卑。公務人員的公正和操守是整個社會安定的關鍵，公務人員一旦奉承多金的商人而刁難勞動階級，社會便形成仇恨的對立現象，一切的不幸便因此而發生了。

# 三七、長葉樹

　　早晨六時，我打電話到台北木柵，正好是母親接聽，我直接問她身體檢查的結果如何？她說沒有病，我要她今後小心調養，多休息，少管閒事，少做煩勞的工作。我又打給Ｇ·Ｌ，他還在沉迷睡鄉；昨天也如此，今後就少去吵醒他了。我問他樂譜的事，他說沒有時間彈它。我再問他想不想我，他說有時候。他的回答都很誠實，但卻給我一種心涼的感受。想來一切都白費了。

　　近來，在我的思想中，常泛起到底留住屋子還是將它賣掉的念頭，最後總有一個結論響在心頭裡，那就是與其賣掉房子去追尋愛情，寧可孤獨留守好為讀書安享平靜。但這房子到造好為止，恐怕會把我弄得身無分文。最好想個辦法在房子造好後，猶有一點錢派用場，為暗房工作可能需要的費用，另外是購買簡單的家具。

　　昨日黃昏，我從建材商那邊回來後，心裡突然感到異常窒悶，喝下幾口酒後，我帶著

相機外出，目的是拍某人家屋側的一棵長葉樹。這個人家原是一所私人醫院，醫生本人已經中風去世，當我還是小孩的時候，這個人家是我景仰的對象之一，醫生的太太十分的漂亮和具有教養，他們的幾個小孩在學校的成績非常優異，而且長得很健康和漂亮，差不多和我相同的年紀，可是我無法和他們結為朋友，這其中有許多複雜難言的理由。最重要的原因恐怕是我家太窮了。那時我看這醫院的房子是頗為莊嚴的，但現在卻不以為然了，醫生的太太雖然年紀很大了，卻留著她特有的形貌的風韻，那位在學生時代是體育健將和學業優良的大兒子，因為受家庭嚴酷的壓力，逼迫他學醫而折傷了他想學體育的心願，現在卻變成了一個癡呆無所事事使人惋惜的人，那棵長葉樹，據說常有奇異的鳥禽飛來棲息。現在我目睹那座房子，它顯得十分的灰暗。我從那裡轉走回來，路過郵局，心想這日式的建築不久就要拆掉改建，還是給它留一張相罷。

一個醜女最好不要裝出探察男人心跡的表情，我在照像館就遇到這樣的一個女人。我到那裡訂購另一部份暗房用的材料，包括放大紙和藥品。我又轉去找水電匠。我很不願在街上行走露面，除非有必要的事外出來辦，否則我寧可留在自己的屋子裡。我還去找工地負責人，他不在。

我打完電話回來後，突然想起用米酒和麻糬治療腿痠。上班前，我先轉到工地去做記號給水電匠，使他能為我的暗房設一個水龍頭。中午我再喝米酒配麻糬，然後躺在休息室，醒來後精神似乎好一些。

# 三八、寂寞似可耕的田畝

週六中午，我請水電匠漢貴和四位水泥匠在一家餐館吃中飯。晚上湯君來了，他總是訴苦，有關他車禍後頭部和面部的病痛，他說他對人生頗感絕望，他和他的父親之間的不諒解似乎越演越烈。他喜歡談幽魂的事，已經有許多次，他重複談到某個過世的朋友，他很堅信自己的感覺和經驗，他一直強調他的車禍是因夜間看到魂影而不是他的技術的問題。他很難容忍有人批評他的作為，我無法和他做這方面的談論。他有很優厚的財富，卻不能為自己建立美好和諧的人生，很久以來就已引起親戚的非議。當一個人不能為自己找到合理的生活，只能歸咎於自我，其他還有什麼可說的呢？有時我對他的想法甚不瞭解，最早我認為他很善良，但漸漸地我從他的生活方面去考量，看到他在各種樣場合的言行，覺得他的智力和性格頗有問題。他的行為的發展是基於報復的意識，這可能要追究到他童年兄弟姐妹間的事。目前他只會花錢買昂貴的東西，卻不能好好保存和利用，甚至懶得為自己的住處打掃和

整理，任其蓋滿塵埃，如其如此，一個人那能有平靜和舒服之感呢？當他說到某人的背後話時，語句十分慳吝，這樣正適反映著他自己的人格傾向。因此，說到他的寂寞，實在是很寂寞，可是他並沒有智慧來應用這份寂寞。一個人的寂寞正可以養成一個人的作為，有如寂寞是一個可耕的田畝，在那裡人可以種植自己意願的花樹。我想，一個現代的文明人所處的寂寞感，並非需要引得有人來同情，或藉著與他人相處排遣而使寂寞消失；寂寞猶如天地般永遠存在著，像空氣永遠充塞在人與人之間，任何時候任何地方都長伴著；因此，不能以此苦嘆而要以它做為自己的良田，應該耕耘使其結果，而無需抱怨人生的無情。

今年提早在五月就有颱風向台灣撲來，我為了不想再和他交談，我也不能浪費時間去聽他的那些無聊的話，我請他在客廳坐，表示要去洗澡，但我從浴室出來，他已走了，我再花幾十分鐘的時間教小書彈鋼琴。外面開始下雨和颱風。我躺下來休息一會兒，自認不能這麼容易睡去，便起來看電視長片。我先是抱著觀望態度，以為不會是什麼好片子，不料從第一句自述的語態就吸引著我了。這個故事名叫《永不說再見》，是說一個孤兒憑著自己的善良心性而贏得他的生活和愛，沒有傳奇的意味，處處都流露可以感到的實在性。整個劇中的人物都能表露人性中善良的一面，只有一個極小的衝突，而每個人都能堅持知恩報德的人生觀。我一面看一面檢討著自己所作所為，使我看到我自己沒有做好的某些部份。中間我突然憶起大哥玉明來，他的短命再一次令我流下淚來。

今早我以為會下雨（昨夜在睡前，風雨還是不斷），醒來仍躺在床上沒有起來（週日，我總感覺得累，有一個奇怪的夢騷擾著我，是關於我的名譽在文藝圈中發生排斥我的情形，我

頗覺困惑不解）。約八時，起來吃早飯。不久，學校校工來了（昨日我曾約他，如沒有下雨，希望他前來幫我做修剪庭前樹籬的工作），我遂和他一起在屋外工作，到十時便完畢了。然後我休息一會兒，再騎車到工地去看工人做工。下午四時，做鐵門的人來了，我答應他明天先給他一萬元。我又到工地去，直到他們散工。回到鎮上，我到照像館看預購的鏡頭，它並不合我的意，我需要和相機同牌的廣角鏡頭；我表示自己親自到台中去選購。之後，我騎車到山丘上看日落，拍了一張晚霞的風景。

# 三九、生命與自然的互證

把失眠的焦慮和痛苦轉為安慰和愉快就必須在意識上確信清醒是一件好事，並且在這段寂靜的時刻好好地利用來做沉思，把生活中不能徹底想透的事重新檢討一次。我甚至想，寂寞和孤獨像失眠一樣，沒有什麼好恐懼的，因為這這種情況和時機正好填補自己在生活行為上的缺憾，正好是看清自己和世象的最好時刻和機會，這種現象正好告訴自己需要有一番的冷靜和思考，計劃著把自己的風格和態度建立起來。再不然，聽音樂可算是一次清滌的作業，把每一個音都聽進去，它將可以為我驅逐頭痛的病魔。不再計較夜已深了，或憂慮明天的例常工作，不要羨慕沉睡者的香甜夢鄉，應該要認為還有未做完的工作，那麼這受到鼓舞的精神就會支持你做到你願望的一切，做完了它，你便會有所報償可得。

我一直以為自己從未有過好的戀愛，盼望能有一次這樣的機會來滿足自己的生命。現在我有點懷疑自己的觀念是否對於人生追求的事物認識不清，不知道自己的目標是什麼，也

不懂得獲得的方法，只是憑著情緒在盲撞而已。生命的滿足如果一味藉求外象，那便形成虛

幻無疑，慾望便會逐日增加，永難填補和滿足；如果轉換內求，就會將困擾的事看得清楚，

一旦諸事的觀念能夠來自內在的照明，所有隨緣而來的便都是額外的賞賜，那麼我便能掌握

和珍惜它，而不是受它的不定性擺佈，它來時或它去時，都不會產生迷惑和悵惘。懂得領受

才能懂得施捨，沒有受過領受教育的，不知道施捨的深義，因為輕易的施捨終必懊悔。懂得

欣賞才能引發創造，這個道理的法則是來自我們的生命被有意的給予；我們創造人生是應然

的，合乎宇宙自然律的因果。但是要一切都順應自然，這說法就不對了；所謂自然，並不是

一切都老早擺放在那裡等待著我們，它的存在還需經由我們的經歷來顯現，它的面貌，是我

們做了之後，才發現它展現在我們的眼前。所以沒有什麼事是自然發展的，無論什麼事都是

透過親臨才顯露出真相。昨日黃昏我騎車到鎮郊的一處山丘，在日色晦暗中，田園上暗綠的

樹木像和我約好似的呈現搖曳的形姿，在我注目時便告訴我它是什麼，彷彿我瞧見自己心旌

的悸動和危傾，如我不親自登臨，我就喪失了知曉它在我心中的啟示，如我不能自問於我，

便無視於它的形貌，我不知它時便同樣不知是我，我和它是同時存在和互證。

為什麼我突然變得憂心忡忡，感覺到一種莫名的不安？就在我閱讀中，從背後的窗戶吹

進了冷風，並聽到呼呼的叫聲，室內的光線遽然間陰暗下來，我回頭去看，原本清朗的天際

變成烏雲密佈，它低傾有如就在我的眉際。我已無心再讀書，丟下書本，走出室外，沿著走

廊到教室裡來，學生都出去了，我獨自坐著，抽著煙，想著我的心境剛才受到擺佈的恐懼。

這時，我班上的一位女學生，走進教室倚靠著平均台望著我；她平時都是沉默寡言，顯得楚

楚可憐的模樣，這時和我隔著無數的桌椅相對相望。我叫她過來，要她坐在我桌前的一張課桌上，問起她的身世；她說她十一歲（去年）父親死了，現在和媽媽還有一位弟弟住在一起，媽媽白天到工廠做工。我不能再問下去，叫她到外面去玩。教室到處都是亂飛的蒼蠅，飛來停在我的手臂上，我注視著它，然後揮揮它，一會兒它又飛過來。

# 四○、人生的不堪

昨日下班至工地看水泥匠工作的情形，這變成我的例行事務，油漆工來時，我與他議價。回到鎮上至負責人家，他看起來清瘦和憔悴，據說前幾日到豐原去看病。他說他知道我會來，微笑著，他的笑容有一種嘲諷的意味，拿出帳簿核算為我代工的價款，我坐了半點鐘，他還未算完，我說晚飯後再來。回到家，才知道表兄（原住楓樹里，已搬到豐原）來訪，尤莉留他吃飯。飯間他們談了一些故舊的事。他走後，我再前往負責人家，因為鋼筋和水泥還未結算，還是無法一次了結我和他的帳款，但有些差額可以看出來，我答應再付他二萬元。之後我們交談一些自從動工以來，他們股東之間發生的齟齬，從他的話中似乎一再強調著他忍受和負責的品德。回到家已十點半了，我一時無法沉靜，坐在沙發細想整個過程中體嘗的事。今早我醒來，感覺負責人並不如他自己說得那樣完美，正如所有的人一樣，人格的瑕疵處處可見。雨下得很大，我在十點半又趕到工地去巡視，機車陷在泥濘裡，負責人和

另一個人蹲在走廊交談，他們並沒有下來幫忙，我自己費了很大的力氣才從污泥中把車拉出來。當我牽著車子上坡道時，他們與他們的眼光交視，發現他們陰沉的面貌十分難看。我把車子停放在路旁，到屋內去看工人，然後走出來請教他們建坪的算法，那個人的回答口氣很粗暴，我並不太理會，我告訴負責人請他在家等我，我回家去拿土地權狀。當我到達代書門前，拿出權狀請他辦理申請建地房屋的番號以便再申請接電的事時，他原蹲在門檻，站起來口氣很惡劣地批評，說我們為何不整批一起辦，我可以感覺他的牢騷的理由何在，但卻不能原諒他的不禮貌的態度，我們付錢給他辦事，他不應該如此對顧客投出輕蔑的眼光，他告訴我要把照片一起拿來。我到隔壁喚負責人來。我坐在沙發裡想到這一切人生生活的煩瑣，一面喝米酒，一面配吃麻糬，過去我在小說中很少直接記錄類似這樣的事，現在卻在我的日記裡填滿了它們。我心胸中不斷地呼出著：不堪啊，不堪，這就是人生。午後，我又冒著極大的雨勢到校上班。

今晚我看了安瑟·亞當斯的三幀照片：大 Tetons 和蛇河，紗門後的婦人，遊民營的三孩童。我先是感覺身體很困頓，眼皮沉重，我自問我疲乏了嗎？可能是，一整天的奔走和勞累的結果。突然我在影集中看見大野獸張嘴的形貌，也許是模糊的視覺造成的幻象，我再注意看，發現每一座山巔都活躍著爬行的原始大爬蟲，朝著同一方向大聲吼叫著，非常的奇異，由光影所形成的這種景象裡，也有人類參行其中，尾端淡白的地方則像是躺臥著一個人，他的頭安枕著，似乎已經沉靜了。山下就是蜿蜒的蛇河，乳白色的河流在灰白的部份和波紋之

處，使人不得不和真蛇聯想。山巔上是一簇回望的逃行雲塊，但有鬆散的跡象，三角洲的地方像是野營的佳地。紗門後的婦人，像極了友人 Sagio 親族裡的人，尤其最酷似他的嬸母，但年歲有差別，我想像那位頗有手腕的女人的老年容貌，鼻子真是惟妙惟肖，也頗像 Sagio 本人，我的焦點旁落在兩頰的垂肉，因緊閉著嘴所聚成的沉重。這婦人眼神充滿了冷靜，和凝思的堅定，卻略帶愁悶；粗大而彎曲的手按在窗檻上，左手壓著右手臂，有一枚戒指套在無名指，上身的外套裡面是一件白點的襯衫。這是一張傳統形式的人像，卻表現得更甚於傳統的範疇，因為寫真比繪畫更能看見人像中含隱的真實精神，不容偽造地表露出身世和融入其中的生活背景。可貴的是：照相師何時何地能遇到且在瞬間保留了它呢？另一張則更能說明安瑟的憐憫心懷，從三個不同年齡，不同性別，都棲身於遊民營在一起的孩童的眼神中，我看見了這點。他們像是多麼無知和茫然驚恐。一個時辰的醒悟已經過去了，我的眼皮又覺得沉重，極想去睡。

# 四一、人像

昨日工地那邊的工作告了一段落，到黃昏時，地面的水泥已經完成，工人在今天移到另一間去工作。但整個事體還是遙遙無期，不知什麼時候電力公司才能來鋪設電桿，所以我心裡打算延到下星期再請人來裝鋁門，並通知照像館來拍照，然後依序申請番號，請領使用執照。晚上十點鐘，我準備休息了，突然有人來，是負責人他們股東的人，要借看我從負責人那邊拿回來的沙石清單，我馬上拿給他，我穿好衣服也到負責人家去看看他們算帳的情形。

我坐在那裡和他的先生（豬肉商）以及他的母親談建築房屋的事，從他們口中知道現今地方政府中的稅務人員索取賄賂的事非常的普遍，幾乎已到厚顏無恥的地步。我聽到時很表感慨，但這是自久以來的社會情形，也不必大驚小怪了。然後談到在海岸釣魚的事。我原本想知道他們到底花了多少錢蓋房子，做個比較，後來覺得甚為無聊便走了。

今天接到 Spring 的信，他說想南下。晚上我出去打電話，全鎮街的四部公共長途電話亭

都圍滿了想打電話的人，我繞走了一圈又回到電信局，輪到我打時，電話又發生故障，只得進局裡填單，通話之後，我告訴他在台中見面。

安瑟‧亞當斯影集中有一張史提格里茲在「美國之地」〉的照片，他真像是個木偶人物，另一張是歐奇芙和嚮導兩人的半身側照，背景是厚厚的翻捲的雲，他們都戴著寬邊的墨西哥帽，一個低頭沉思在默禱，另一個縮肩轉臉過來投出微笑。這兩張照片是我隨意翻看到的，並沒有特別的感想，因為心中的感受實在很難用文字描述出來，可是看了它們卻能驅散心中煩雜的事物。我已許久不看小說了，現在有影集在身邊，隨時可以看一兩張，就更加把小說的事拋置腦後。四十多歲的今天，猶未能好好建立起自己的工作基礎，也沒有堅定不移的目標，心裡一直盼望能有工作的環境和工作的心境，可是看來，我的心境是越來越糟了，一旦有自己的房子，恐怕什麼事也不能下手做了。

# 四二、狗

昨天黃昏下班回到家，有香港的陳濟民先生吩咐台大校園團契文字部的羅若蘋先生寄來的三本書。陳先生曾在校園團契的雜誌上評論我寫的〈耶穌的藝術〉。到現在我看了〈新約綜覽〉的第一二章，以後我將陸續讀《清醒的心》這本大著，並記下我的感想。這兩天除了例行的工作外，依然是為工地蓋房子的事奔忙，已經接洽做鋁門的和照像館在週一下午三點到工地為完工裝設門窗和拍照。

下午約六時，我攜帶相機騎腳踏車想到海水浴場去拍照，卻為駐防的衛兵阻擋，他說五點半就不准再到海邊來。這種戒嚴不知何時才能解除，從我小時起到現在已經三十多年了，我們像是這海島上的囚徒，沒有消遣和創作活動的自由。我順著鐵道走，拍了一張車站倉庫為主題的風景。我又騎車到山上，俯覽鎮上的景色，但沒有觸動我拍攝的慾望。然後我看到山坡繁盛多層的樹林，天空很清朗，而坡道處顯得幽暗，有一隻狗守在一處石階上，構成很

怪異的對比，好像天空和地面是不能相諧的兩個不同境域和象徵。我拍了一張。突然又出現一隻大狗，走上石階嗅嗅原先蹲在那裡的狗的皮毛，我站在同樣的角度補拍一張。後來我沿公路行走，到一處煤球工地，草茅的屋頂和堆積如山的煤屑引動我拍了最後一張底片。這一卷底片從五月六日拍了夜景起，到今天黃昏為止，已有二十五天的時間，算是我拍最久的一卷底片。

我現在心裡這樣想著：如果沒有暗房工作的經驗，那麼萬萬不能在拍攝上有增進。所以我打算先試試暗房沖洗的工作，之後再擬定一個拍攝的計劃。我認為這件事非常的重要，起碼我這樣想完全依照我的感覺和對這整個事情所欲求的需要。

# 四三、火車窗外掠影

我到台中購買暗房用的另一部份用具和藥品，在那裡會見 Spring，並與他同車北上。在火車廂內，為了試試廣角鏡頭的效能，向窗外的風景做了一些拍攝。這是一個午後有雷雨的天氣，但沿路的地區雖有飛馳的烏雲，可是並不密集，也沒有下雨的顯示。我的目的是含混的，一方面要瞭解鏡頭的廣涵度，做了對雲和地面景物的合成拍攝，一方面是有點冒險地在火車的速度中，想知道近景移動在底片上到底留下何樣影像。

每一次拍攝都有意未能足的感覺，一方面是景物本身並不是十分脗合我內心的需要，一方面是還不瞭解怎樣掌握拍攝的技巧。我希望這些問題在做過暗房工作之後，能夠找到解釋的答案。因為我沒有任何人的指導，所能做出的大都是一知半解的信心；我試著去請教人（如照像館），他們的回答也無法讓我明瞭這個工作的訣竅。我記得早年寫作的時候，情形也是如此，可是後來，我對自己的作品卻有非旁人能夠插足進來的信心和靈感。但我能有多

少時間去尋索到有如寫作的成績呢？我已經四十多歲了，還要靠自己的摸索，是不是太遲了呢？我還有許多日常生活的工作，我並不能放棄所有一切專志於攝影；我知道我在寫作的工作上，還有未完的感覺，我可能隨時重拾我的筆進行一次長時的努力，完成我內心需求的意念；也很可能拍攝的事會和寫作結合起來，我現在所記的日記可不就是這麼一回事嗎？

# 四四、藝術與家庭的選擇

我已經把顯影液和定影液泡好，把餐室佈置好成為暗房，昨夜是我生平第一次試做暗房的印洗工作，選擇自己拍攝的底片印洗了幾張，大概稍微領略了這個工作的步驟。整個過程都令我感到興奮，連在旁邊觀看的小書亦覺得很有趣。二個小時匆匆過去，我很高興我拍攝的第一張底片〈沙河的早晨〉經由我自己把它洗印出來了。與照像館洗的照片相比較，我洗得較為優雅。不過我只是用小張的印像紙，關於放較大的照片，還需準備得更為周詳。我心裡正有迫不及待的熱望，恨不得整天整夜都能為此而工作。事後我由這一次的洗印經驗想到拍攝的問題來，如果要令洗印的照片叫自己滿意，並且不要浪費時間在所有底片上，那麼慎重地選擇題材和精確地拍攝是十分重要的。；那就是當要拍照某一物象時，這一物象所能顯出的格調應該已在腦中確定了；如果在暗房另有新的發現，那是額外的收穫，但在拍攝時心中的理想還是最為主要，列為創作的第一優先，而其他是次要的。

從來在我的生活裡就沒有像今年以來這段時間這麼匆匆忙過，雖然造成心身俱疲的現象，但精神是好的。我想房子造好，一切就緒之後，大概可以減輕一半的生活煩思和忙亂的情形，那時應該可以全力以赴，我現在正盼望那一刻的時候到來。如果我能從學習攝影和做暗房工作中獲得某些珍貴的樂趣，那麼我應該感謝 Spring 從頭至尾的贊助。但我心裡矛盾得很，我又怕他過份地煩擾我（事實上他根本沒有），因為相隔幾百里路，安排見面很難獲得心安。如果我為要徹底做個藝術家而放棄家庭，目前這事我決不可能做考慮。

# 四五、獨泳

我非常的喪氣，聽工地負責人說請電的事快則一個月，慢則二個月，我已經付出了全力的耐心，折磨了有四個月了，簡直是要我的命，煩瑣和缺乏信實的社會，帶給人一種普遍的無可奈何的生活感覺，這一切我想都是由低能和無效率所造成的，這是目前的社會面貌，導因於社會制度的不健全，社會變得越來越醜惡和缺少美善，普遍沒有自律的美德。

約在午後四點半，我到了海邊，整個海岸看來分成兩個部份：南邊是電廠的工地，防波堤像是城堡的護牆，裡面是人類工業的創造物，自成一個組織的體系，從外貌就可以看出它的功能來；北邊是原來自然的海岸，卻因為南面築堤的結果，影響到它本來的形貌，與去年比較大相迥異，有一條新挖的流溝把綿長的沙丘切斷了，日漸受海水的入浸，越來越寬蔓，漲潮時沙岸斜成東北到西南的角度，與原本南北成線的穩定性有極不習慣的感覺。天氣不很好，海水浴場除了撈魚苗的漁夫外，沒有遊客，救生員早已撤走了。我走進海水裡，覺

117　　／四五、獨泳

得很寒冷，但我潛入水裡划動手腳，就感覺溫暖了。兩個星期前我曾來過，今天算是第二次入水。浮在水面的自如感，頓時把生活中的煩擾拋棄了。我上岸再對周遭觀察一周，越來看越不同往昔，而距離我童年對這海岸的印象更為遙遠，我心裡突然升起一股憤怒和恐懼，害怕將來一切的美景都會消失。去年我曾祕密地在木麻黃樹林獨自裸露的地方，現今已被無情的堆土機鏟掉了。我游罷走回來時，遇到一對相伴而來的青年男女，他們愉快的樣子令人羨慕，因為風大寒冷，我不想久留，推著腳踏車離開了。在浴場的沖洗室裡，我重新享受去年那種沖淋的快樂和潔淨。

# 四六、洗印

昨天上午，我在鎮上奔走申請門牌號碼、申請地籍圖和謄本等事，然後回到學校，郵差已經來過，桌上留有一封 G・L 的來信，我實在感到意外。我在心理上近日因為瑣煩的事太多，儘量避免想到情感的事，他的來信雖寫著問候我的意思（關心我的腿傷），事實上恐怕還有另外的意思，這是自不待言的。我在下午匆促地給他寫一封信，說明我的心聲；我說時間非常寶貴，我沒有和他賭氣的意思。我想去見他，但家中母親身體欠安，小書有些發燒，我的工作又繁多，實在沒有心情遠行。昨夜我將前夜沖洗出來的第一卷底片試印，花了將近三個半小時，成績可觀，我試著放大 17cm×23cm 的照片，有一張車站近旁的風景，應用部份加強曝光的技巧，效果特殊，使我倍增信心。這一次的洗印工作檢討起來，曝光還是不足，有些照片色調太灰淺，色度不夠，是一項遺憾，這也是暗房經驗不足的現象，沒有注意暗房和正常光度之間的差距，在暗房中所看的照片色調應該要感覺較黑，這樣在正常的光度

下才算適宜。

這些日子來，在忙亂和心煩中生活著，我儘量將自己投入於過勞的工作中，讓它交混著。為了抑制房子緩慢的進程所帶來的不耐情緒，只好將剩下的時間關注在攝影和暗房洗印的事上，使之內心的煩躁將之消滅。家庭給我的憂慮又在其中增加我的不安，心裡盼望這段紛雜和痛苦的日子趕快過去。當我冷靜沉思，這亦是一種考驗我的機會，為了處理這些與自身有關的事務免於自亂而喪失理性，只好儘量以旁觀的另一身份觀察自己和周遭的一切。

剛接到 Spring 的信，他要參加野生動物園的遊覽，原定十四日那天的約會取消，他希望我能在二十一日北上，這個建議本身也是我所希望的。

# 四七、心中的愛人

週六匆匆趕到高雄想見G・L，不巧他已先有約會，我一個人單獨在旅店的餐廳吃晚飯，約在八時他來了，似乎喝了不少的酒。每當我和他對面交談，我發覺他那變幻不定的情緒總在許多問題中作梗，我更感覺他有許多的心理問題，比我所能想像得更為複雜，使我和他永遠沒有和諧的可能。我在他的眼中看來可能亦是如此。他哀嘆，我也哀嘆。他離去時依然是昂首闊步，他沒有轉回頭來看我。我想睡時，他打電話過來，他的聲音變得十分蠱惑我，使我急速地向地獄下沉。只有相隔著某種距離才能聽到他較為柔美的語聲，彷彿一個悲傷的婦人的飲泣般令人心碎。第二天他沒有過來與我共進早餐，我就用這段時間做了一次街道的巡禮，約在一個多小時的散步中，我略有收穫。街景上沒有什麼可取之處，但我卻跟蹤了一個奇形怪狀的男人，他到處向路人乞討，步跡十分快速而移動不定，要找一個角度拍攝他實在很不容易，又不能讓他發覺。他的面貌真是奇醜無比，我在第一眼見他時真的嚇了一

跳，因為我在跟隨時心裡也充滿了戒備。我只獵到兩個鏡頭。我回到旅店，又在房間的窗戶發現到一個極好的景，我用廣角鏡頭拍攝這難得而自然的構圖。Ｇ·Ｌ在十一時才來，穿著牛仔褲短袖洋衫。他告訴我一些高雄的消息，我根本沒有多大興趣。我問起老莫，他說老莫的妻子和兩個兒子也在週六從台中來，他陪他們去玩了。我表示不要讓老莫知道我來。他拿報上的詩給我看，我認為糟透了。他談到最近他們在圓桌圍繞著一個女神的事，她使一些詩人作家瘋狂到了極點，常常通宵達旦地喝酒和交談。我對他的這些描述感到乏味極了。我們去吃午飯，再回到房間裡來，我們的不諧和又上升了。他表示他心中的愛人是老莫。我早有懷疑，現在他親口說出來了；我也認為像他的個性，必定會欣賞老莫那樣灑脫的傢伙。我們都坦白地說出了這些話之後，我搭三點二十分的汽車離開高雄。在汽車上我的座位是最後一排中間的位置，冷氣吹不到，使我感到一路的悶熱和難過，好不容易支撐到台中，轉火車回到通霄。

# 四八、等於一部社會學

昨夜試洗前夜沖晒出來的底片，這一次我依照上回的經驗，將底片多曝光一點時間，在暗房的微弱燈光下顯得有點過黑，等全部完畢，打開平常的燈光，以及在今晨白日的光線下，一點兒也不會有過黑的情形。這一次我大膽地嘗試區域的曝光方法，使照片的色調趨於統一，使不十分明顯的部份也能明晰地顯露出來；最為讓我滿意的是那張在高雄旅店後窗看出去的街景。整卷底片只有兩三張在拍攝的題材上令我滿意，其他的都可廢棄，將來在放大時也只有這幾張可用。這是將來當我在暗房方面的工作漸趨熟練時的事，現在只是我心裡的腹案，因為目前真正的暗房還未設立，也沒有心情去經營真正的作品。

房子還未真正完成，使證明書已經辦出來了，但接電的事還是遙遙無期，待做的工作十分瑣碎而令人心煩，我每天幾乎去兩次，巡視工人工作的情形。今天只有一個工人在貼廚房的瓷磚，其他兩位在另外的屋子（不屬於我的）工作；在我看來，一切進行的十分緩慢又

零散。油漆內部牆壁已經完成，外部還要等候砌磚做牆之後。為了令他們安心工作，我幾乎預先籌款付工資給他們。蓋這房子以來，從我經驗和看到聽到的，等於是一部社會的最好例證，猜疑和自私，以及雇主和雇工之間互相牽制的手法，都可以清楚地看到，我想這是一個極好的小說題材。

　　G·L來了一封信，我頗感意外的是他破例先給我寫信，而且只有兩天的時間，事實上只有一天的時間，信是週一寫的，我和他在週日下午分手。目前我已沒有心情再去理睬我和他之間的事了；我認為和他見面反而比不見面來的更糟糕。我回信給他表示我的感想。我知道錯誤在於我們之間想法上的距離，並且我在他的面前顯得耐心不足。我越認真去想時越覺得他是個不錯的人，我急於要求他認可很難讓他一時就接受，才會造成不歡而散的境地。我既然有這樣想法，應該在將來的機會裡對他好好說明，以便重新建立我和他的情誼。

　　四點半下班，我趕去工地，我試著用鋤頭關一關前廊的空地；天氣悶熱極了，我在工作中流下很多汗，手心也結了硬繭；我想，有些部份的工作，我應該留著自己來做，譬如前後兩個地方關成為花園。

# 四九、虛幻的精神

昨日鎮上舉辦民族精神自強活動，學校停課一天，我在八時半準時到海水浴場參加，全鎮各公家單位及學校機關的人員都來了，人數很多，但這種活動最能看出人性的散漫，帶著羞澀意味，擺出服從和抗拒之間的樣態，面目顯出觀望的表情，三兩聚成一堆私竊交談，不知道今天生活的主題是什麼，也不思索今天來此的意義為何，彷彿他們樂於省卻一天的例行工作而任人擺佈，只要表面不很辛苦，又有一些小禮物的話。我在那裡看出虛幻的精神，這種活動本身沒有人能好好地帶動和設計出使人喜悅和興奮的形式，花費那麼一筆錢做這件事，看來是為了向上級報告一項規定的成果，天知道這到底是什麼成果，只要把錢花出去，拍幾張圍起來唱歌的照片做為實據，這樣就能混過去了。

昨夜我到工地負責人家算帳後，回來馬上著手準備放大照片的洗印工作。我挑出較為滿意的底片放大為17cm×23cm的照片，有幾張洗出之後頗令我驚喜，但我還是覺得未有真正

的控制功夫，因為只有一種紙張，還未有何者為佳的經驗。目前大部份是風景照，人物照方面沒有任何心得，我想這條路恐怕還要有頗長時間的實驗，並且並非全神貫注不可，因為不經心的話對我來說不止是玩玩的心味而已，而完全是一種奢侈的浪費。現在在家做暗房工作十分不便，只是權充的性質，因此在佈置和收拾方面浪費我很多時間，也令我搬來搬去感到煩累。到了晚上十二時，我已萬分疲倦，找了一些米格和倒一杯米酒坐下來休息，家人都已在隔室內裡息多時了。

今晨第一個要做的事就是將照片從水盒裡掏出來，擺放在桌面上放平晾乾，沒有過光機只有如此。看了昨夜的洗印成績，心裡並不覺得討厭，但這些烏雲滿佈的風景照卻引起我對自己的疑問，這事會成為我將來必須尋找它的內涵的一項理由。我拍的照片和洗印的作品是否有異於別人，我還不能太有自信和確切地去做比較，上次會見 G‧L，他說我起步得太晚。我並不為此感到恐慌。

有一些小刊物寄來給我，我見到那些過去有過交往的文友，發表了一些互相標榜的文章，從他們的標題和內容看來，我覺得我沒有和他們聚成一伍唱和實在是幸事，他們的語句非常執拗於所謂理想和真理，但背地裡的偽詐是很明顯的。文學是他們意識伸張的工具，為了一項爭鬥而存在，所以充滿了強辭奪理的偏見，並且會導引不良的影響。據我所知，他們的理性正是他們沒有理性之處。我已經離他們很遠了，但我也討厭另外得勢的一方。

我在上班時順便轉到工地去，帶了一小瓶沙拉油去塗抹昨日完成的廚台的紅色鋼磚，據水泥匠說，這樣可以保持它鮮明的色澤。

# 五〇、雲

有關十三日又逢星期五是最不吉祥的日子，西方人有黑色星期五之稱，過去我亦常注意這類事，今天我倒懷著好奇特別關注自己的行為，到底我在這樣的日子會逢到什麼結果。

清早時，我又站在旗山橋上注視沙河，陽光已投出，與多月前晨霧的情形不同，在廣角鏡頭中，視野寬闊了，尤其使我高興的是橋北的景色，它的繁富內容和橋南的憂鬱情調有極大的分別。上午，我在課間的時候攝取天下的飛雲，因為南風颳得很大，雲朵像列隊逃奔般從南方向北移動，數量很多，是少有的現象。下午下班後，我為了追取山巒上變幻的雲彩，驅車往大坪頂山區而去，晚上沖洗出來後，卻有點失望；追獵雖充滿了熱情，結果還是平平凡凡。不過我應該有所覺悟，關於拍攝，不可能每次行動都能獲得滿足的結果，其中大部份恐怕都會像今天一樣：努力多而成果少。

# 五一、偏袒的意識

日子完全在忙碌中匆匆度過。週六下午水泥匠的工作部份完成了，週日我把屋子內的垃圾清理出去，下午再去整理後院的填平工作。黃昏到理髮店理髮，目的是想刮個臉，這種心理我想是多月來看到工地上的雜亂而反映到內心裡，極欲把自己和生活環境都理得齊整和乾淨而來的。晚上我把雲的底片試洗出來，沙河的那幾張比雲朵的那幾張較使我喜愛。太疲乏了，實在無法確實做好暗房的工作；雖然如此，躺下來卻不能平靜地睡去。這幾日來，我總是躺下又重新起床，走到廚房倒一杯米酒，找幾條麻糬配著吃，沉默地坐著聽音樂，想想發生在我身上的各種事物。

近日讀到幾篇有關蕭紅的評論文章，其中有一位美國漢學家葛浩文，使我驚異的是他們居然異口同聲地以為蕭紅的命運要歸咎於和她同居相戀的幾個男人，把這些男人罵得很可鄙，竟然使用新聞性的武斷俗語「始亂終棄」的字眼。喜愛某一位作家寫的作品是應該的，

但把作家周圍的有關係的人都視為惡棍壞人，這種說法無法叫人贊同；當他們說到病弱的蕭紅時，連這位才女的家人也都視為這位命運乖戾的作家的迫害者，要是她有眼見到如此評論的文章，她的內心必定十分難過不安。她會不會受到家人的喜愛，必有一部份基於她自身的理由，她的愛人又移情別戀也必有兩方的因素在，這些多重的緣由只從蕭紅身上除掉，而統統加罪在其他人的身上是沒什麼道理的。歷史從來不會承認這種因偏袒意識而留下的證據。

# 五二、律己與待人

我現在正遭受自身痛苦的折磨，這種痛苦的本質是我自詡的完美所帶來的。我一向自認能從善，日久成為一種自律的法則，不但持著這法則待人，也拿它來衡量別人；如果別人的行為不合這個標準，便認為他是不良善，蓄意要來牴觸和反叛我；我成了要執行和擁有這法則的人，把自己高高地架起，要比別人站在更高的位置，視所有的人都在這法則的批判之下，而且凡這世間的事也在這法則中分出好壞。現在我正蒙受這份自傲本身崩潰的慘敗教訓，因為我根本就沒有那份清明來擁有它，只要我本身稍有越份，我便會感到自尊的無法站立；就是我無意犯錯，而是本能和無知所促成，一經外界的反擊，我就完全無法承當，並且納悶，不快樂到了極點。我應該明白，我能從善且自成法則只適用於對待我自己，其功用在實行而提升自己的品格；當我寬待世人時，我卻不能要求他人也有同樣的一套法則寬待我，把我施於他人的行為索取同等的回報；因為我寬待給某人時，某人走了，另一個人並不知道

我做了什麼事，如果我懷著要他以我寬待某人的作風來對待我，於他就有相當的困難，因為他並不認知我。如果我為此而對整個世界生氣，就是在與世界為敵而自我戕害了。我必須要切記：我寬厚待人是我個人的職責，別人嚴酷的要求我是完全合理公平的，我必須謙卑接受。

# 五三、愛好騷擾的鄰居

這兩天來有一件事打擊著我，那就是工地房子的隔鄰與我紛爭界線的問題。前一陣子他來爭論後院泥土的事，認為堆積在分界線上的泥土是我的廁所坑挖出來的，要我請人替他清除，當時他一口咬定，頗令我不高興，我很生氣地回答他那不一定。事實上廁所坑的周圍已有很高的積土，而每一戶都有坑和積土，在我察看下，我的多，他們的少，因此我便表示這不能確定是我的，因為同樣的一個坑，我的積土已經比他們的多了，還要我請人替他清除是何道理？並且泥土是相連接的，如果各自清理的話，只要各自清理自己屬內的積土就是了，要我去承認他屬內的積土是我的，不但不合道理，也不能令人接受。而這次我在走廊相接處砌四寸牆，我吩咐工人依照踏階和地面接壤砌起，並留洞通風，當時建時他沒有來表示異議，在做好之後，他卻來表示我侵佔了他兩寸地，這一表示真像一記猛雷打擊著我。我想這是工人沒有把線拉直所造成，如果他想要，我可以補償給他，就像原先共壁貼補他的費用一樣。

有許多人都表示他是故意來找麻煩，因為有上次那泥土的事我沒有理他的緣故。我回來後一直為這事苦惱，我從來沒有存心想佔別人的便宜，我想到底打掉重新做呢？還是據理力爭？

因為相接之處做牆，每人應拿出一半的土地，還要分擔費用，而他不能說不要做，不想分擔費用，還要爭回那兩寸地。關於這個鄰居的脾性，我是始料不及的，當初我是付錢交給負責人買地和起建的，他要怎麼做自有他的道理，我一點也不加追問，只盼望蓋好就可。不料，不久就發生工人怠工的事，詢問起來才知道工人沒有拿到應拿的錢。真正的原因是他們合組的八間屋的錢負責人十分頭痛並生了病，也表示不再麻煩他。有關水泥的部份，我已一次付款給負責人代買，在最初大家混合用時，我的部份他都有登帳，但到這時，工人為了工作行去負責，我看負責人拿去周轉也還不夠，當外殼完成之後，他們便拆散分別自的方便，接續做我的部份時，他們便聯合抵制，偷偷叫工人不能為我做，告訴工人說我是和他們分開的，不能給我用水泥。我聽工人這樣說當然甚不高興，但也就忍下來，反正他們的做好後，總會輪到來做我的，而我根本不必害怕沒有水泥用。不久他們的水泥用完了，負責人為我運來一百包水泥，他們居然毫無照會我，趁我不在時要工人拿我的水泥去用。我後來知道這樣的事，便表示要借可以。其中有一位便向我借了二十包，保證及時還我，而另外的人就緘口躲開，和我的隔鄰的那個人要求我給他用他已經做的部份，我也答應沒有為難他。事後還有幾次的歸還和再借的事，我都表示很樂意借給他們用。不料，那泥土的事發生了，然後就是把電源切掉等惡作劇都發生了。我先前給他們方便，他們做好了，現在反來為難我，使我發生種種的困難。為

了這些騷擾，使我非常後悔輕率把錢交託給人蓋這個房子。負責人看來也很苦惱，因為他們合組的事也為帳目關係鬧得意見紛紛，互相猜忌，各自顯露自私的面目，而我這個靠近去遭殃的人便覺得處處像自取其辱一般感到非常的煩苦。我心裡想：既然是鄰居，這樣的態度是十分可悲的。起先他們不瞭解我，互不相識，以為我沒有錢要蓋房子而在背後議論我，事後知道了，但看我的房子蓋得和他們不一樣，便有一種不同類不相聚的排斥心理。他們和工人最後為工錢的事交惡便可看出他們的心胸，問題不在有錢沒錢，而在生活的教養。他我遇到這樣愛好騷擾的鄰居，與我鎮上的居住情形相若，當我童年時，父親逝世不久，家裡十分貧困，前後鄰居的惡眼惡相，以及沒有公共道德的情形給我極深的印象。我對這些生活環境的事特別敏感，反倒養成孤僻不想與人交混的習性。打聽起來鄰居交惡是極普遍的事，這在人世間似乎不可避免：「愛你的鄰居，愛人如己。」《聖經》中耶穌是為此現象而說，因為世上所有鄰居並不互愛，而是互相吵架，國與國之間亦如此。為這事在我的思想中產生許多的泛念，因為爭吵常使我非常的痛苦，並且為自己的無知和愚蠢自責，雖然我也痛恨別人為何要這樣待我，但我認為我受的痛苦比別人深重。昨日給 G·L 寫信；今天給 Spring 寫信，表示週六不北上。

# 五四、一塊錢的啟示

昨日黃昏我照例到工地去，現在什麼工作都膠著了，只為了等電，但我已習慣要去看一下，畢竟那是我的房子，生平第一間親自看著它建立起來。我騎車上坡時，便看到三個人站在我的房子走廊，不知在私議著什麼，當我到達停車走過去，他們便散走了。我見到做門的木匠在那裡，問他我訂做的兩扇門可做好沒有，他說還要幾天。我到處走動，到坡頂的另一個工地，請裡面的一個水泥工有空到我的房子為那被我敲掉的牆洞補平。剛才在私議的人中的一個過來向我要電費，他說五十六元，我從褲袋掏出六十元給他，給我一個五元的硬幣，我身上沒有一元回找他，他口口聲聲說不必了，我於是向工作中的工人借了一塊錢遞給他，他接受後便走了。就是這個傢伙在這次的工程中因為心地偏狹而掀起了種種事端。有幾個在工地做過工的水泥匠在他走後，也表示這個人毫無人情味。我寧可向工人借一塊錢而不願欠他留做口實也是基於這個理由。後來我看到負責人駕車來了，前天我曾告

訴他隔鄰的人找麻煩的事情，請他去跟那人說一說，問他的意思如何，他答應我要化解它，我走過去問他辦了沒有，他說沒遇到那人，還沒有。我看他有點要迴避我的樣子，我心裡也想這事無需他去說什麼，因為我心裡已想通了這件事。我走開，準備到別處去拍攝，突然我由衷地感到不滿，認為他並沒有善盡責任，我又轉回去對他說話，我說我蓋這房子是他邀約的，介紹費是他賺的，我也信任他把錢交給他，卻沒有料想到紛爭這麼多，我表示我不願被騷擾的立場，因為我除了善意對人以外，沒有虧欠別人什麼，而竟然這樣倒楣遇到這樣的鄰居，我請他轉告那人大家要尊重，且互相諒解為鄰。他應該明白我是在對他本人抗議這整個工程的事體，他在聽我說時把臉轉開；我對他的為人抱著多層的懷疑，一切的導因恐怕也是由他的協調不好而來的，他隱藏了許多沒有公開的內情，而造成他們合組公司的人的猜疑，連帶我也受了遭殃。經過這一吐為快的表明後，我回到家也較為舒暢，晚上我做了沖洗照片的準備，已經多天怠忽了，希望能藉工作排除心裡頭的煩念。我試著用10吋×13吋的相紙，結果並沒有達到預期的效果。我工作到深夜十二時，感到疲乏已極，躺臥下來卻不能成眠，似乎有一陣接著一陣的不耐和煩苦襲來……

　　早上我閱讀英國C・S路易士的書《清醒的心》，這是近日來我唯一能找到的知音。我心裡很感激香港的陳濟民先生。我的閱讀是一段一段的，他的語錄固然給了我一種醒敏的知覺，使我能從自身的體驗去驗證他的思想，我把看後的感想也一樣逐條地記錄在書頁上。顯然我認為他的偏重於要說服別人，這是對基督教的信仰而言。而我想，要是看了這本書就能完全信賴他的話成為基督教徒，可能是荒謬的。；他所指的路可能是正確的，可是我不能保證就

能在這條路上遇到神，並與神交語；要會見神，察覺祂的存在，還是要依靠自己的努力，不過他的提醒作用是十分有益的。

# 五五、對話

懺懺的心，焦躁的心，紛擾的心，痛苦的心，找不到什麼方法可以去除這些縈繞著我的心情，讀書和工作，以及自省都不能排除它對我的侵蝕。我把這危難的感覺視為是我的沉落，啊！但我找不到獲救的途徑，也不知道該皈依什麼，使痛苦轉變為舒適。而我一直自責自己的無知也不是辦法，顯然地，命運要叫我嘗這生活的苦楚，任何逃避的想法都不是解決之道，因為它像有一條繩索套牢著我的頸項，我走遠去，只不過是繩子暫時放長，一旦我自感疲倦，又會再度被拉回來。為何我會這樣無奈，這樣煩厭，這些自擾是不是外力的干涉而折損了自尊呢？是不是我的責任心太重，或完全沒有責任心呢？是沒有責任心而致引起責任感的作祟呢？所以所有的災禍都來臨了，把我壓得喘不過氣來。神啊！我一直沒有勇氣呼求祢，我受到了俗世的綁縛而不敢承認祢；我心中有祢的存在，知道祢創造我，但我不是勇氣教徒，我不敢公開表明祢的存在，信任祢，只能默默地孤獨地在一隅表明我的心跡。真的，此

時我需要祢的指引，使我脫離苦痛獲得舒坦的喘息，不要再像這些日子來那樣的煩重和苦悶。當我攬鏡自照，我看到一張削瘦和憂苦的面孔，折磨刻在我的臉面上，意志充滿在眼眶裡，它像夢又像怒火，它注視著卻見不到目的物。我聽到課堂上小學生的批評，他們疑問我，說：「老師，你在想什麼？」由這一點，我知道我不能逃形，我的模樣已經顯露出我的心事，當我在教室踱步徘徊，他們的眼睛沒有離開我，他們愛我，卻不明白我是為什麼。神啊！讓我免除罷，難道是祢要我如此的嗎？如果是，我應該謙卑接受；難道祢有所付託要我面對嗎？要我先嘗這等苦難，如果是，我也承當。

我們渴望的是未曾經驗的事物；回憶不能使真實重現，它倒是使我們企盼未來。

辯證法下的天堂，猶如飢餓下渴望的食物。

得失是意識中想像的擺盪，猶如鐘擺左右搖晃，可憐的人類就在這進程中患得患失。

這不能歸咎所有佈下的羅網和策略，凡是一切都是自願的；你既然都知道，還要投身其內，自有你自身的不可違逆的理由。

的確，有些作家為人稱道是因為他們秉性中的機智，憑這一點在生活中免受損失；除了這一點外，他們沒有敦厚的本質，而大多數人所具有的缺點都以厚道來補足，靠學習來的機智反而弄巧成拙。

對我而言，心平氣和，一絲不苟地面對自己的失敗，正是我應虛心學習的，因為我越來越發覺我有不計其數的錯誤。

「在所有暴政當中，最具壓制性的，可能是那種誠心誠意要為他的受害者謀福利的暴

政。」我頗具同感。

「那些憎惡揚善的人有時倒比那些對良善一無所知卻又自命良善的人更接近良善。」當想要越用力去緊捉鰻魚時，鰻魚越能從掌中滑落。

「只要我的牙痛一停，我就能寫出另一篇有關痛苦的文章。但是，牙痛一旦停止，你對痛苦又有什麼認識呢？」經驗是不被記錄的，所記錄的又都不是經驗，那麼他說的是些什麼東西呢？

關於性（本能的慾望），不是說得太武斷，便是說得不夠真確和清楚；事實上，誰又能看清它是什麼，而能把它制定成法則呢？

「人人具有同等的價值，以上的說法是偷懶的說法。如果按照字面的意思來看『價值』這兩個字，換句話說，如果我們所意味的是，人人都同樣有用、美麗、良善，同樣令人愉快，這說法就毫無意義。如果它意味著人人靈魂不朽，所以具有同等價值，那麼，我認為這種說法含有一樁危險的錯誤。每個人的靈魂都具有無止境的價值，以上的說法並不合乎基督教教義。神為人死，並非因為祂在人身上發現某種價值。每一條人類靈魂的價值由它自己決定；若與神斷絕關係，它的價值就等於零。正如使徒保羅所說的，為值得的人死，這種犧牲的行為算不上是神聖的，頂多只算是英雄式的行徑；但是，神為罪人死。祂愛我們並非因為我們可愛，而是因為祂就是愛。祂也許一視同仁地愛所有人——祂的確愛所有人以至於死——但我自己卻不能確定這個表達的意義是什麼。如果有平等這件事存在，它是存在於神的愛裡，而非存在於我身上。」我平日的觀念常被批評為與人相左，在這裡卻獲得相近的鼓

勵。

當人類發展成為有階級（階級氣質）之分時，的確是按著正義實現的（正義實現時，在各種相異中，製造了和諧）；但在近代思潮中又把它剷除掉，是為什麼呢？裡面似乎充滿了一層又一層的隱情。我想，沒有純粹的正義（謹慎地將榮譽、權力、自由等等分配給階級固定之社會的各階層人士），我的意思是沒有約限正義的職份，嚴守正義的紀律，這種理想的實行正好讓另一個異端藉以口實而推倒。

這些話說得無比的中肯：「救溺雖是一種值得人為它犧牲的責任，但卻不值得為它而活⋯⋯把自己毫無保留地獻身給國家或某一政黨、某一階級的應時性主張，等於是把萬物中最為屬於神的東西＝自己，給予該撒。」

# 五六、禱告

神啊！挽救我吧，我就要崩倒碎裂了。每當我要躺下來休息，紛擾的思念就襲擊我，使我不能安寧；我也不能沉靜地坐下來讀書，因為心裡積壓的事情都沒有獲得解決，它們佔滿我的心思，使我不能輕鬆。神啊！幫助我鎮靜，祢知道我所思所為沒有違反祢的戒律，我也沒有必要改變而去從俗，求祢從內心給我力量來安度我所面臨的人事，給我在晚上休息的睡眠，使我在白日能有充足的體力。請給我精神和思想的指示，使我去應付人事而不畏懼；請給我耐心，使我的心不感焦慮和煩躁，神啊！我是祢創造的短暫生命，我所面臨的一切都是祢安排來考驗我的，要我有自知的意志去完成任務，祢磨難我是為要我能變得堅強；不過我要求祢適時的提點我，這樣使我不致反駁祢，而能達成祢交託的使命。

這樣說，去閱讀《聖經》或讀有關宗教的書籍，根本也無能增進信仰的心靈。誰被神揀選，權力在神不在人。

嘲諷無神論者實在並不正當。

宗教本身不能從生活中分開來對待。

「《聖經》是文學」，我記得我也說過這類的話，但漸漸使我入迷的顯然是另一層事件——要是說這與神和宗教有關，我不會否認我是注意到這層事情。

但是，《聖經》到底是讓人朗讀的，還是讓人思想的？我想都不是。

我現在明白了：神的存在與否不是個爭論的問題，雙方面的辯論都很無稽。問題在於我們從什麼角度認識神，而我想有的人讚美神，有的人詛咒神都是抱其極端，顯得十分過份；雖然表面上讚美神比起詛咒神要能受惠一些，可是關鍵並不在這裡，而在於覺悟神創造了我們，是給我們何種使命。如果認識到這一點，那麼我們便不再憂心於世俗的裁判，很自然地，神與我之間的關係更密切起來。但我深深以為困難亦在此，就連耶穌也有迷失和把持不定的時候。

如果要對人談神，老是說神是極其自然，極其圓滿，如哲學上唯一不二的說法，說宇宙是一，利用一些不關痛癢的代表做為對神瞭解的形象，那就太愚笨了；除了幾個做學問的學生非要從這一門徑去思考外，芸芸眾生根本無法對神觀覽到全部，也無從表示出全心的敬仰，因此甚少從上面的說法獲得啟迪。真的，神是萬能的，一個人無需告訴另一個人去相信神；要相信神，勸說的對象倒是自己；至於別人，神自有安排。

關於三位一體的存在的確說得很清楚。但是關於神是否命令我們做善做惡，我想我們沒有智能辨別。我們到底依照什麼準則來分別善惡呢？我記得《聖經》裡也有這樣的提示：那

善的反為惡，惡的反為善。

為什麼當我在危難困苦的時候會想到神，並祈求祂的救佑，而在我充滿了信心處在快樂的成就裡，我的腦中和心裡根本不會出現神，並對祂讚美呢？由這一現象證明我只是個投機主義者嗎？還是這種心理狀況根本就沒有什麼可挑剔的，這是最合乎人的天性。而人是神的受造物。

到今天我還最怕啟口的是讚美神的良善，因為我以為用俗間的用詞來形容神幾乎有點不倫不類，由那些語詞所描摹的神，恐怕只是人一廂情願造作的東西。

「罪」這個字我也想說出我的個人意見。我們習慣聽到這個字，不論在新聞或教徒口中，可是我疑問著它的原義是指個人對自己負責，還是對一般律法？

我活著的確是戰戰兢兢，有時我怕打一隻干擾我讀書或吃飯的蒼蠅，我會在心裡自問我應該嗎？

該怎樣去體會神愛世人呢？簡單地說：神愛我嗎？在什麼時候我體會到這件事實呢？尋找者是神而不是人；人並非尋找者而是被尋找者；如果真如是說，這事就被澄清了。無論我們所為何事，似乎都在神的算計之中；沒有什麼是神的旨意之外，亦無所謂那我所不願遇見的事。神不在我的思維之中存在，但當我醒敏覺悟，我便從自身遇見祂。

辨認基督不可用他說的（路易士）這套笨方法，這道理像是騙子騙子。基督的存在，在我看來不是當然就是不當然，沒有擬似物的替代，祂不會在外表的裝扮上讓人分辨，當時（耶穌活著時）人們所產生的疑問也是因為那與人相似的外表，但是今天我們便不能回到那

時代去辨識祂，而只能憑著我們的信與不信。

耶穌基督的十二門徒，在祂和他們一起時，並未使他們全然深信祂，直到祂被釘十字架，死而復活後，門徒才驚醒相信。是的，祂在我們面前，我們也不會認識祂是誰，需在事後才知道祂的身份。

似乎從祂做人的弱點比祂具有的強處更能體悟到祂的神性。所以這句話就十分讓我折服和相信：「神以其偉大的謙卑，選擇道成肉身在一個感性細膩的人身上，這個人在拉撒路的墓前哭了，在客西馬尼園汗如血點。」

我相信時間越長越能辨識到祂的存在形象，可是我並不想為了相信這件事實就貶抑與基督教對立或無關的事物，我也不願武斷地說什麼是多神論或一神論這類的話，這些事的爭論在我看來都是搬弄是非的意氣之爭而已，與真正的宗教信仰毫無關係。

## 五七、哀告

我累了，這兩天，真疲乏極了。疲倦就想躺下歇息，但我的精神始終很好，在工地我親手做整理的工作。現在的工人已經變質了，他們自覺在此時代中身價百倍，可是從他們的工作態度中，我看出他們實在可憐，沒有一件事能做得標準完好，而且還時時顯露極壞的心思對付僱用他們的人。這一切都是由他們自卑的心理發展出來的，我沒有看出任何工人能自覺他們的工作是神聖的，而從工作的品質上去求精進，成天只在計較是否會為雇主多做少賺，只是希望能想法少做而多賺，就是雇主對他們好，做完了工作掉頭便走，根本沒有檢討是否有什麼地方缺失的，在發現時回來修補，尤其在工程上他們詳知什麼地方該怎樣做，而雇主並不知道，他們在此情形中便不肯誠實地依照規格去做，他們也在雇主沒有看到的部份進行欺瞞。這一次我以我的能力和做人的品性厚待為我工作的所有人，給他們優厚的工資，當然希望獲得他們好的工作成績，卻反而看到他們敷衍和草率的結果，

真的到了很失望的地步。事後我請他們來做某些部份的修補，他們卻藉故在他們地有工作而不肯前來，或口頭答應了到時卻沒有來，在這樣的情形下，我自己只好想法親自動手了。他們的奴隸性根深而蒂固，深埋在他們的心底裡，卑賤就是他們的真實人性；他們馴服於嚴酷和狡猾有經驗駕馭他們的雇主，一旦包下工作，真是又驚又怕，把工作自動做得很好，害怕會被這樣的雇主刁扣工資。而如我前述，如遇到一個寬厚的雇主，那好像是他們反過來報復的機會，不但討價還價而且不把工作做好。我真為他們傷心和悲憐，他們永遠無法做個誠實的工人，只為活命而工作的奴隸，無法從工作的態度中將自己提升為主人，從自己的手藝和勞力中取得自尊和滿足。他們注定是那種卑夷的面貌，從這種形態中可以看出他們的心術和低賤。所以有經驗的人就知道如何操縱和支配這些無價值的人。有時我想他們經年累月到處為人蓋起一幢又一幢的房子，真為他們的貢獻而起敬，可是一看到他們蓋的房子毛病和簡陋之處如許之多時，頗為他們的勞力惋惜，疑問他們為何是這等的人類，因為人間沒有美和善就根本沒有價值，他們的心血何其無辜啊！從這裡推演，他們不但無知，而且像是懷恨人生的，有時聽到他們談到家庭生活的狀況，簡直令人落淚。可是關於人生，他們沒有改善的知識，只有跟隨潮流的外表在活命而已，而無法從心理去改善自身，進而求得人類存活的平等。這次我雖吃了不少苦頭，卻很真確地獲得了種種經歷，發現這一階層中的自私和卑賤的人性；我甚至有悲觀的看法，覺得人類是永遠不會從內心裡獲得存活的意識，人類的勞苦在這樣的情形下是頗不值得的，而一個工作的人如果不把工作視為神經而虔誠的去付出努力，人類永遠都是在互相欺瞞，而且注定某一些人要壓制和奴役某一些人，而某些人永遠是奴

隸。人類沒有心理上的自由和平等，在這樣狀態下，大多數人類就會被加以利用和操縱。這是現今我所見到的情形，發現人類還沒有力量經由自己的改善而獲得平等的存活意識，大多數人都像罪犯被投下到這一個地球的監獄裡來服刑。因此，我心裡充滿著對他們的同情，對他們的不滿，對他們的痛恨，對他們的詛咒，對他們的黑暗的心而向上帝哀告。

我越來越不能在書中接受道德、責任、規則、罪惡和良善的語詞，因為我根本看不到它們所界定的範圍有多廣多大，意思又如何；它們被人談起時就像被吹起的氣球，開始時很輕易地膨脹，但不知道它的容易有多大，卻在令人擔心中突然爆裂，只剩下遭人輕視的破碎的薄片，那吹嘴還完整，卻無體積了。

我越來越不喜歡路易士的比喻說法，它有很強烈的要挾意味，他太堅定他的立論之正確性。

把神和瘋子視為對比或比鄰的兩種形象是人的觀念的一項嚴重錯誤，以為這樣藉此說明便可以辨識清楚，適足以造成更大的誣蔑，就像逼人做選擇一樣的不當，在這樣重大的時刻，不要引誘人去做思想的擺盪。

我看到這裡時，不知不覺淚水濕眶，有關《聖經》裡記載耶穌在客西馬尼園中孤獨無助的情形，給我極深之印象，所以有人提到這一節，我便沉浸在同樣疑惑的生命之中。他說：

「在客西馬尼園中，自由被要求受到捆綁，永不懈怠的控制力被要求繳械，生命被要求處死。」

關於主再來的時刻這一節而言，我們沒有什麼可以駁辯的地方，因為這是整個基督教

的希望所在。我們一路上跟隨著走下來，到此地的關口，可能要人明白地做個選擇，信的人那就是了，也可能成全了他；而不信的人會掉頭走開，因為他腦中這樣想著：我絕不會那麼幸運地在我活的日子裡面臨主的重臨，我根本看不到。基督教的訓言部份像昏噩生活中的調劑品，如把它當做主食會使人受不了，也不會為了盼望那最後的一道菜而整夜端坐在餐桌守望。我們能批判有上述觀念的人可憐或無救嗎？我覺得基督教《聖經》的傳示太深奧了，如想要像詩一樣讀它也要有充沛的想像力，這些都不是常人能夠做到，而且窮極一生也領略不完。

為什麼有那麼多的人敢於承認他們與神交接的事實？在佈道會上，我聽到宣講的人連續地列舉與神交接的經驗，當我聽到這樣的事時，渾身覺得難受和憎厭，他們的模樣和姿態是在表演；能被我接受的是：它該是祕密的，是謙卑的態度，而不可能像發佈公告般意氣昂揚的大聲宣講出來，肯定就是那樣別無其他形式。而它們的形式太劃一，顯然是互相抄襲。

我自己倒不能確信和武斷的說，有聖靈傳示給我某些信息，要我完成許多的篇章；我已經不甚明確的記得自己寫作的經驗，它們的完成好像不是我這個平凡的人所能做到的，倒像是另一個全憑靈感的人所為。

# 五八、調校的理由

昨日我提出調校的申請表，我在這個國校服務已有九年，包括過去我在北縣的服務已有十六七年的時間，對我來說已付出了百般的毅力和忍耐精神。我不能說我有什麼特殊貢獻，我一直是為生活而做這一件事，所以反覺得十分可恥。但我對台灣的小學教育感到遺憾，如果教育行政機關不能排除那些虛套和冠冕堂皇的行事，不能對實質教育給予誠懇的規劃，我認為所謂下一代的前途，將不可能比過去的好多少。現在的教師有兩類，不是意志頹唐就是盲目的熱心，學校的主管都為了浮表的政策性主張而鞭策教師們，這種教育效果可想而知，一切都採取消極性的反應來從事每日的教學。在我的內心裡，只要我一天服職教務，我將盡量依憑良知來對待年幼的學童，過去我是這種教育的受害者，我不忍心再讓他們遭受相同的無益的教育。事實上，我不可能為我個人抱持的理念去對抗整個環境所形成的勢力，我所能做到的只有和學童誠摯地相處在課堂上，避免過重的不當壓力施在他們成長的心靈上，讓他

們真確地認識我，就像我瞭解他們一樣，其他例行的課業應該是次要的。現代的教育是十分艱難的工作，因為社會的環境日趨複雜，學童的心智並不單單靠學校這種形式化的場所而獲得成長，他們的畸形狀態亦難以在學校獲得正確的矯正，所以慈愛地對待他們，使他們對我不生畏懼是我工作的重點，和他們像兄弟般親愛在一起度過緣份的時日是我職責的目標。除了這，我還有什麼奢求的理想呢？當我發現他們的需要亦是我的需要時，我便依照這個準則去從事我教職的工作，這樣較能尋求到良心的平靜。我甚至從這個途徑去尋求我個人的修養。我還記得早年剛進入教育界時十分波折的心態，也造成我有中斷幾年的時間，當然是為了謀生而重回到教師的工作，但目前我似乎已能透徹這個工作的性質，進而建立教者的風格，但我並不是顯著地表現特殊，反而是顯著地表現平凡和無為。我調校是為了可以臨近我在山上的屋子，所以不是調到市區而是更遠離市區，這點頗叫別人疑問；也許我住進新屋之後有較佳的心情，這對我的教職工作也有所助益。對自我的改善是人生中最重要的課題，我認為這世界並對世界才能推己及人，這對我的教職工作也有所助益。對自我的改善是人生中最重要的課題，我認為這世界並沒有什麼非做不可的大事，卻有許多必定要做的小事，人的生命就是要不斷地服事所謂的瑣末，並從那裡認識使命。

「老婦人說：『吃了蘋果之後，接連又發生了許多事情。就拿其中的一件來說吧⋯蘋果的滋味，在男人和女人的心中挑起了一股強烈的慾望，他們覺得蘋果吃得還不夠多⋯⋯』」這件事由一位老婦人道出，的確是有趣極了，否則她不會說得津津有味。她是個經驗老到的婦人，她說的是一件好事情。

我不相信路易士這說法是正確的，把人生儘可能說成罪惡的墮落。我們追求愛是為了幸福著想，想以此顯現神的榮光和賜福，否則我們不會窮其一生追求愛。坦白說，我對性愛的歡喜，是因為它能給我帶來奮發的意志，有如飲甘泉般帶給我新的力量。

他把問題說得這樣醜惡實在可恥。人類的行為是試想從種種不幸中提升。我並不以為自大超乎神，實在是神給予人一種追求的精神，我不懈怠地尋找快樂也是為了神。

所有逝去的人生都是失敗的，基於此，未來的人生則充滿希望。我們每一個人幾乎都在生活的怠倦中重新出發，我不說未來的不會有一位獲得成功的希望。

它看來像是如此，而事實並不然。如果人的內在沒有靈氣存在，使它嚮往永生，這世界早就完蛋了。

到底什麼是墮落的罪，和非常邪惡的東西呢？誰又是向我們誘惑的墮落者呢？這些語義說得如此明確，其實它什麼也不是；我們絕不可能遠離神轉向自己，神的照臨，我們並不從習慣的意識和感覺獲得，不論我們一生是否有覺悟，神在我們的內心依然是存在的。

依我看，宗教的本質在於覺悟神與我們同在的事實。所謂比天然的目標更高超的目標，層次是一種知識性的瞭解，假使人那麼明確知道他在追求什麼，那麼這說法是毫無意義的，；層次是一種知識性的瞭解，假使人那麼明確知道他在追求什麼，那麼問題本身已不可能存在，我們又何能產生迷惑呢？

「愛不是一種感覺，而是堅定不渝地期望被愛者能臻至良善的境地。」

「在愛、美德、知識追求和藝術欣賞中，我們從事著這種超越自我的工作。超越自我，極其明顯地，可以被解釋為自我的擴張，或自我暫時的消失。這是一道古老的矛盾：『喪失生命的，將要得著生命。』」

# 五九、鏡子

昨夜的夢景使我的意識徘徊不去，我見著她把我砍得滿身是血。這是我有生第一次夢見紅色出現在夢中。

昨日我幾乎一整天都在工地猛烈的陽光下工作，在前院花園中用磚塊鋪排一條走道。

前天黃昏，我由工地趕回，帶著相機出去捕捉天空中變幻的雲彩。

我身體肌肉的疼痛使我感知我在努力工作中的快樂和慰藉。

人活著要忘記自己談何容易。意識自己的存在並非全部就是驕傲，讓驕傲支配自己之後，馬上就會出現卑微；問題是驕傲能佔滿多久，它不會永遠如此，除非它永不遇到挫折。

人要改良自己是可能的，當不義和虛無出現時，失望和悔恨隨之而至，這種情形使我們嚮往另一個境界，像暴風雨之後，我們靜立在風平浪靜之前，這時驕傲便逃之夭夭，它不再是寓居我們心中的魔鬼了。

有時在藝術的創作上顯現驕傲的心倒是有益的；去除人世的爭鬥總是好的，留一點驕傲和自滿的心思在獨自的天地裡，以便感覺著我們在人世的短暫逗留有些事可做而不覺無聊。

我不明白與生俱來的光芒是什麼，還有那面鏡子是如何生成的，要不是靠艱苦地不斷敲擊兩個石英，使之閃現火花，再引燃火種，或不是靠連續的擦拭使粗糙變成光滑，那有光芒和鏡子呢？

我們需從詩中檢視心的虔誠，從體悟中求得安慰的力量。

「不要叫我遇見試探」，這句話的解釋，過去我幾乎是一知半解的常與「不要試探主」不易分清，現在路易士的解釋，實在使我一清耳目。

這種必會輕視棄絕「局外人」的作為，我在生活的環境裡到處均能見到，甚至從年少時，我在校園中就遇到，集結成羣可說是人類最喜愛的活動，因為凡集結的人都明白它的好處；我相信人的靈魂就是從這裡墮落的。凡看到布里茲涅夫的臉的人，都會說他是個惡魔，而像他那種惡魔面相的人不止是他一個人，甚至有些人醜惡得需要裝上一副微笑親善的假面具。

我不認為他說的得當，當他把驕傲比喻為搔癢時，我有點以為他只是在搬弄語彙而已，再看他依驕傲的意思而弄出「自視甚高」和「自以為是」這樣的說明，可說並不高明。這些解釋真是沒有什麼必要。我相信沒有人會看不懂「忘掉寶貴的自我」這句話所蘊涵的深意，而真的不能體會這與真快樂有什麼關連的人，事實上他們也不需要知道。

# 六〇、要一個新世界

日子對我而言是一項重責和考驗，這使我無一日感覺輕鬆愉快。我為那山區的房子所付出的代價太大了，我不知道是否能在未來獲得安適的報償。要想搬進居住還需要一段時間，我幾乎每天都為裝設工作的拖延感到氣餒。我不能確知現在社會上無信實作為的原因何在，也不能明白我所遭遇的任何一事如此之為難不順利的癥結所由何來？我是依照信實的原則做事的人，因此我也希望社會的所有人都如此。事實並不如此。所以我在凡事上所遭遇到的挫折和打擊就變得十分深重。我自來就因社會的腐化而深覺痛恨，目前並沒有因工業化或科學倡行的時代而具有配合的道德水準，社會變得越來越醜惡，充滿了貪婪和詐欺，信守原則做事的人無疑極其容易受到它的傷害。沒有效力，永遠是次等而不是優秀的。從這我深切體會到這可悲的腐蝕性的民族，由這樣的人民所組成的國家，永遠是次等而不是優秀的。

到底有多少人能有這種見地，我也懷疑人的內心到底具有多大的真知能夠肯定或否定，

我省視著自己，發現我是在這兩頭之間擺盪的人。有一天，我終於相信宇宙是有一位造物主，我也贊同稱呼祂為上帝或神；但是，除了相信祂的存在外，我並沒有增加多少對祂的認識，可以說我一無所知。我相信我最大的痛苦是這種無知，或一知半解的情形，以致無法尋求一條法則來適於我的生存。我肯定有神在似乎與找沒有多大關係。即使我知道我的不幸是由於無知而來，我也沒法獲得改善，除非神有一天照臨我，使我猛然覺悟，而見到那法則。

這裡突然跳出「慾望」，來和母愛、愛國心或藝術做比較，我就不知道慾望的意思所指為何了。我認為慾望是生存的化身，是生存的整個連續不斷的課題，在它的分野下就是那些可以排比的個性和操守了。近世的人，由於誤用慾望，這兩個字說出來時總是非常刺耳。

「『自從我們離開要道之後，』約翰說：『我們一直都在為愚人跑腿。』」這句話真幽默透頂，印證於我們的人生，可謂千真萬確。

要怎樣去愛耶穌呢？就是片刻我都找不到我有，更何況要求以持續地，這從何做起呢？是否有人能教我愛耶穌的方法，以及保證愛祂之後就能免犯太多錯誤的理由。路易士的荒謬是他不對成人說，而是對一個女孩子。

能對時間產生感覺是一件好事，任何人都能在這種感觸中修善了自己。

現在的手套並沒有特別為那一隻手而造。

當我試圖對自己做探尋的思索時，我的目的不是為了找出一個是「善」或「惡」的答案，我只是為探求真相，因此我並不恐懼我的本質不能符合俗世「善」的說法，同理的，我進一步要由認識本質的體察中，消除掉我自身因受教育而習染的俗世的「惡」的諸般觀念。

要使自己清純，唯有如此；如果我想由囂囔的人生轉變為平靜，也唯有如此。

最壞的莫過於以基督教徒自己來看基督教，就像可憐的中國人以自己是中國人而大呼身配為中國人的驕傲一樣。我對這些偏頗的想法，實在感到無比的厭煩，今日世界的混亂就是導源於自我為是的主義，把自我主義視為真理，視他人的為邪說異教。試想，一個回教徒詆毀耶穌，或基督教徒排斥默罕默德，這樣的作法算是公正嗎？不論何種經典的教義，如果被他配屬的教徒用來自說自話而不能擴及推之於非教徒，我雖然不至於就卑視那部經典，但我會視那些教徒為偽君子。這個人類世界看來是非再經過一次統理不可，把所有的教門和派系都棄置，恢復所有人類的天賦的權益，且樹立完全合用的觀念。

我懷念過去，但不認為過去的才算合理或甜美，我抱著對未來的積極希望；真的，想到過去（尤其是童年），流淚歸流淚，但我還是不希望它重現，我現在所要的是那可預期的新世界。

為什麼不說這個世界是死屍的陳列所呢？而且也同樣流傳著一種謠言，說有一天，這些死屍當中有幾具將得著復活。路易士是個勇氣十足而盡責的護教兵士，他所說的卻都是陳腐老套話。自然的生命絕不是雕刻像可比，它乃是精神的寄居體，是活的，而雕刻像絕對是死的。

既然自然的生命體是活的，而且可以得救，為什麼還要比喻為是死的雕刻像呢？得救與否一定是在現世，即使再玄奧的宗教亦不可否認這一點，所以活的自然生命體是不可加以鄙視和怠慢的，也不可說它比起精神來是次等的，它和精神結成一體，同樣珍貴，要說精神的

存在便不能否決自然生命體的存在。

基督教的功能再怎樣超凡也不能使死物復活，只能使精神明顯地表徵在自然的生命體上。所以我們不能再誤解宗教上的說辭，只能透過那些說辭去瞭解某些可能的涵義，否則就是無知的迷信了。

固然得救與否和知識和鑑賞力沒有直接的關係，但我很厭惡動不動就將清潔婦、清道夫、農人和勞工拿出來象徵工作的純潔和偉大，來鄙薄較高知識無非就是罪惡的唯一來源。在作品或宣傳上設定上述形象的人，他們的目的無非就是想利用他們，以此眾多的力量打倒另外一些堅持自由知識的人，好滿足他們擴張的野心。野心家在各項知識和能力的鑑賞的私人之間總是自感形穢，因此他們以後的言行無非是為了報復那份羞恥。

# 六一、客西馬尼園的故事

我每天都到那個做鐵門的工廠去，那位頭家每次都對我說明天一定去做，但到今天已經拖了二十個明天了；今天早上我又去找他，他說下午，下午我到工地去看，他並沒有來做，我又折回來到工廠找他，他又說明天。

像這樣的情形，我不知要怎麼辦。檢討起來，我蓋那所房子，幾乎每一樣工作都遭到類似讓我頗感失望的情形，我不知道別人是否也遭到同樣的情形，還是只發生在我身上呢？這是我個人的運氣問題嗎？也許是，我給人的印象恐怕就是極其容易欺騙的對象。我對現實世界沒有一套對付的辦法和提防的戒心，因此這種打擊對我而言，可能就是造成我厭惡現實人生的來源。要是我處處都表現出退讓、忍受和講求禮貌和規則，那麼就更令別人輕視了。據說欺瞞和拖賴是現今現實世界的強者。我是這個生活環境軟弱的失敗者，這個生活環境沒有信實和公平的交易，而我堅持這項原則的話，則更使我愈感挫折。

我自己一個人在無可奈何的情形下回到新房子的工地，借了一擔簸箕和一隻鋤頭做挑土填平花園的工作。回鎮上的途中，我拍了幾張雲彩亂飛的風景照，我注意到田園的稻作已經成熟了，黃褐色的農作物看起來十分豐美。我環視我所能看到的大地上的事物，也對那黃昏轉褐的太陽注視一眼。據所有談到這事的人說，現今的稻米價錢偏低，沒有人像過去一樣重視它了，連原本的農夫也感到厭煩了。所謂生活的精神面貌已經改觀了。但依我個人的考察和感覺，這個生活社會並沒有真正由貧窮進到富裕，也許在人們的手頭上有許多錢，可是沒有人能保證和確信他會保有這些錢的價值，昂貴的物價使貨幣的價值顯得薄弱，而且有極大多數的貨物讓人感覺與它的定價並不相稱，使人有受騙而覺得很氣憤。到處都充滿熱中賺錢的話題，聽到某些人賺了幾百幾千萬是一項莫大的痛苦。從城市的表面上看，好像是一夕之間的奇蹟，而令人難以相信這是經濟的富裕所造成的繁華，如果是，那麼它也會在轉瞬之間變為蕭條。我認為這個社會並沒有真正享受富足的福份，這個我倒是從平實的過去突然進到目前的奢侈，有錢的人非常有錢，而真正的貧窮被奢華的外表暫時遮蓋著，因為對貧窮的羞恥感瀰漫在新的一代的思想裡，他們頗具野心的強盜，他們不擇手段的搶奪是為了個人的排場和出鋒頭，而不是為了在生活上建立真實而恆久的風格，我們可以想像將來這個社會轉到他們手中的混亂，和悲慘的下場。

我嚮往能有勇氣跪下，且能與神交往；當這一刻時我不認為我是懷著沮喪不情願的心去做；我可以相信，神接納他和接納我是不相同的；正如今天我曉舌多言是因為我對一切都不能確定和下判斷，我不知道神是否寓居我的心體中，並懂得祂交給我的使命；如果有天，我

完全清楚了，也許我便沉默了。

不要想像那些迷幻的境界，只要做好知覺現在我在做什麼就夠了。如果宗教上要我們去設想那些屬天屬地的事，那麼我們就不知道要如何來生活了；做任何一件事，都會感覺著重重阻撓，尤其壞的，便是感染罪惡的色彩。

就是在生死關頭是真是假，依然並無真確認識；但有一點是決定信仰的關鍵，那就是你能認為它對你有益。

這說法誠然不錯，不過信賴權威有一個不可避免的弊害，使人類導致對知識的過份依賴，並依此爭奪最多的權利。在信仰上只聽長者的話更難能夠進入宗教的核心，就像被慫恿進一所不設門的屋子，只能在屋外兜著不斷行走。

我們所抗拒的就是我們原身的聖潔，而無法抗拒的倒是那些誘惑的外物——魔鬼比上帝對我們更具有魅力。

這是路易士一廂情願的說法，並毫無根據；這個世界就是有一半的人是聖潔的（他說假若有十分之一），十年之後依然不會改善多少。聖潔極不容易在人體心中扎根，反而容易流失；人誕生時是聖潔的，一到年老死亡時已變成污穢腐敗的殘軀了。

我們信心不足是因為我們不耐久候。

在我的思想願望裡極欲擺脫種種的苦海的折磨，可是在我的生活經驗裡，這苦難卻越來越擴大，這使得我的心也越來越有所盼望。

我生於這個時代是沒有信仰的，我是指我個人根本不知要信仰什麼；我接受哲學、歷史

和藝術的薰陶是因為我本無知；如果我是個無知無識的人，只接受某些生活經驗，受到習俗的威嚇要我去信仰傳統的某些道德，並遵從某些形式的崇拜，從這表面上看，我好像有種信仰的形態，實質上我仍然不具有信仰上的心靈。從以上的兩者來看，人生都是受苦受難的。

但要是有天，我能去除內心的許多纏絆而來的恐懼，我學習知識和生活相配合，即使我的外表像個放縱不羈的人，我會坦承我的心靈具有十足的信仰。

客西馬尼園的事，就像每一個人寄留在這個世界的任何一隅，終究會見到所面臨的結果來到了眼前，那時，天空和地上都是昏黑可怖，凡遭遇的人都是孤獨無助的，而掛在臉上的愁苦是真的愁苦，因為除了他以外，沒有人能僭越地去解釋那是何種境況，是什麼原因所造的。這一幕在《聖經》中比任何的事件更具體而重要，如果少了客西馬尼園的事，我相信《聖經》是部無聊透頂的書。

事情本來就是這個樣子，要談良知，心靈的信和愛是不可少的，這就是我為何那麼排斥人云亦云的那些成規的理由。

# 六二、理想的戀人

那位醫生的兒子來了，他來心中總帶著忿忿不平的事，對著我滔滔不絕地傾訴出來，臉上掛著頗為真確的表情，像一個舞台的演員在室內走來走去；坐下，站起來，又坐下；稍平靜下來便點燃香煙，不時從胸腔裡用力地咳嗽一下，像煙毒深重的樣子。他的頭自車禍後留下的疤痕增加了他蕭殺的新貌；他談到一樁滅門的悲劇之不可避免的前因後果；他甚至寫信給日本的兄弟表示了他憤慨的決心，主要是想對付那位言行不端莊的姐夫，還有那位頑固到底的年高的父親。他說他留在家裡是為了母親（據說她的記憶力已經喪失，變成一位沒有人理睬的老婦人），不過，家產的爭執是最大的因素。我懷疑一個能說出口的人是否還會有剩餘的力氣再做出他想做的事；我勸他何不一走了之，免除那些目前不易解決的家庭紛爭；他聽後更不高興，他表示這些事不是他一走就可以消平下來的；他曾經出走，回來，再出去，現在再回來；這一次他是為母親的年老體衰無人照顧留下來的。聽他說也頗有道理，而且使

人感動，但對於他的品行的考察，就讓人懷疑他是否盡心行孝了。

Spring 來，我帶他到工地看房子，我對他表示這房子所帶給我的至今猶未完盡的折磨，也令我對它充滿期望。他說這件事本來就不簡單，要有耐心。我心裡真想出遠門去做一次寬舒的旅行，以洗盡內心經久積壓的沉悶。理不完的雜務是造成一個人鬱鬱不樂的成因，應該想法忘掉和排除它。但我想玩樂並非是最好的辦法，而是把它們清理和解決。

最近我常常反省內視，這要拜讀書之賜。一個人常由其內在導引出許多的不良情緒，外界的事物是媒介，在接觸時便顯現出內心的那份真實面目，而這個面目並不和善，有時我在夜晚靜思，發現自己內心有爭論不休的現象。我們的內在蘊藏著許多不平靜躍動的因子，就是這種因子決定了我們在生活世界的命運，要安撫它、控制它或舒放它，都必須徹底瞭解這些因子的性質。

我把用具重拾一遍，佈置了暗房，這件工作我已停了幾個星期，雖然沒有新的底片沖印，我由舊片中選了幾張來放大，當做一種練習。做這件工作頗能安頓我的煩擾不休的精神，使我能自感充實和滿足。

當第一次見到祂時，我們必定充滿了震驚的感覺，假使我們不迴避，且不轉睛地注視那團色彩，經過一段時間，我們便會喪失機能暴露在白茫茫中一無所見，直到奇蹟出現，我們的視覺能再歸於一定的焦距，看見祂清晰地豎立在我們的面前。

香膏就是破碎的心，這是何等見識的解釋，除了這個說明外，有什麼能解開《聖經》中這一件事的謎語呢？香膏是從耶穌的頭頂灑灑下來的，這應該代表用世俗的方法把耶穌的身

體神聖化了。

我也認為基督的社會不會來臨，就現狀而言，根本還距離很遠。但我認為基督的社會不可能漸次的推進而實行起來，它要來，它會遽然地出現，不是靠人的努力，而是依照神的工做成的，如果是這樣，那麼它的來臨距現在不遠了，也許它就在眼前。

說每一個人都是基督身體的「一部份」，我能贊同，但如附加說明是一個「器官」，則我不很欣賞這種意思。在神學的知識裡慣用這種赤裸而又需血淋淋割開的語詞，簡直要使人產生噁心的感覺；我覺得不能直接闡明的事物，只好少說為妙，就像《聖經》一樣，簡明而直接，因為明白的人一經提示，就領悟過來了，對不明白的人，說了一大堆比喻，反而叫他產生誤解；為了附和現世的觀念和思想，將神學納入這個範疇來討好人們，簡直愚不可及。

俗世的每一個人都有一個妻子，或一個丈夫，但不要否認幽深神祕的心中也有一位理想和仰慕的戀人；當企慕理想的戀人愈勤，認為愛他勝於愛妻子（丈夫）時，男女才能平等和諧的相處；要是依俗世的膚淺看法，只能愛妻子（丈夫）而不能瞻仰理想的戀人，就等於只渴慾肉體而摧折原真的自由意志，那麼雖能在日子裡面的履行夫妻的義務，但根本上是連一點愛意都沒有。愛女人（丈夫）而且相信他個人的世界必定有一個理想形象的存在，是完全依照心理的本質衍生而來的，和愛妻子（丈夫）並不牴觸，也不矛盾，因為短暫的人生是永恆生命的分支和過程，生活的意識的源頭是宗教虔誠的情操。

菲吉特太太的事並不是一個特別的例子，這件事說出來倒是給每一個家庭多少都有點啟

示。

（「我想到幾個月前去世的菲吉特太太。她的家人在她去世之後，倒顯得生氣蓬勃，這的確很令人吃驚。她的丈夫開始能夠笑了，再也不會成日拉長著臉。她家的么兒，我從前認為他是個滿懷怨懟、容易動怒的小傢伙，現在可變得溫和多了。長子呢？……開始重整花園了。那個過去老讓人覺得過份纖弱的女孩子，現在倒學起騎馬來了，整個晚上也不停地練舞，偶爾也打打網球。即使那條過去若沒有人牽著就不准出門的狗，現在也成為他們那條路上燈桿俱樂部的著名會員。菲吉特太太經常說她是為家人而活的。這話並不假，左右鄰舍都知道的確如此……牧師說菲吉特太太現在已經安息了，希望她果真安息了。」）

「事實上，人需要心性良善，才會悔改。這裡有個陷阱。只有壞人才需要悔改。你越敗壞，便越需要悔改，卻也越無法悔改。能夠徹底悔改的人可能是個完全人——而他可能並不需要悔改。」

像以上這樣的陳述說有個陷阱，要人在同樣意思的下文中去辨別真偽，我不知道其用意為何，只讓人覺得他的口舌滾轉得很靈活快速，一般人也許頗喜歡賞識其中藏匿的智慧；在我年輕的時代，對這種陳述句總是一知半解，大半覺得好玩，但無從受惠；現在對這種模稜兩可的狡猾和聰明卻一點也不欣賞，問題在於「悔改」、「壞人」、「好人」到底憑著什麼程度和標準而說的。的確是個陷阱。

就從愉悅感來說罷，一般所說的禱告，可能是一種傾出體能的方式；我們從環境和個體自身都會產生壓迫感，造成身心的窒悶，極需想法將之放舒；因此禱告應該就有多種的方

式，除了語言的部份外，勞力工作和從事藝術活動，或運動等都是一種禱告；像我根本不是基督教徒，也不是其他教派的信徒，我的方式就是工作，從工作中把自己釋放出來，成為一個自由人。

我喜歡與神的交通方式是隱密而私人的，唯有在這樣的方式下，我才能獻出我的赤忱。我有多次的機會在公眾中表達我是怎樣的一個人，結果那個表達自我的並不是我本人，是一個偽裝的騙子。

我們太輕易說出「懺悔」這兩個字，尤其在別人面前，或在日記中，這種情形表示我們不夠深切瞭解懺悔對自我的約限；換句話說，太容易做懺悔舉動的人，事後是依然如故的。我曾祈求神靈啟示給我，那理想的戀人是否能為我尋獲。我也曾表示過除了現在的妻子外，我也曾愛著其他的女人。

關於「羞恥」這一件事，如果它的確是隻苦杯，那麼它是我慣常活在人世的滋心養料，從這裡產生我能不斷賣力工作的泉源。

容納我們，以及我們知感到空間的自然宇宙就是一所教堂；顯然地在進入造的教堂時，要卸下肉體的包袱，甚至委曲求全地說，要在那屋內學習謙卑的功課等說法，是十分虛偽的，這等於說，凡做錯了什麼都有庇護所，可供改造和新生，那麼這不就是更加放縱教堂外人世的錯誤嗎？耶穌基督是在曠野拯救眾人的，大自然才是我們最虔誠禮拜的教堂。

如果禱告不是屬於私人的祕密，那麼把意涵延伸就根本不可能也無意義；就像鐘聲的敲聲傳播了眾人，但似乎更為某些特別的個人。

我們所架構出來的每一個與祂有關的概念，祂必定在慈愛裡將它搗碎，這句話到底指出什麼涵義呢？當我們在禱告時，祂在我們頭上或身側監視著，我們能意識到祂存在的形象，就好像我們在禱告祠語裡，一定有綱則約制著我們，我們虔誠稚弱地跪著，認可著所有祂指令我們的一切；甚至禱告完畢，在我們站起來時，祂的存在還留在我們的腦中，我們馬上要做出的行事也小心地不可踰越綱則。一般人一定認為這樣的想法是正確，是理該合乎教徒遵守奉行。我想這是不必要的，祂反而要我們忘記祂，祂愛我們的唯一顯示就是給我們自由。

這樣說基督教就是神祕主義的宗教，甚至它就是在人類所有宗教的範疇裡最為深奧難懂的神祕主義。在我們的觀念裡，順服是為了獲得某些好處和利益，不過從客西馬尼園的例子中，顯然是要我們覺悟：我們是什麼也得不到的，還要我們像耶穌把祂自己完全地獻出來。

# 六三、感覺祂在

昨夜經尤莉的表示，我才知道她曾看過我的日記本，她說我與她的感情只維繫在表面的關係上，她知道我生活在此環境的痛苦，又與她不能從內心裡相愛，她說她明白了，也不計較了。我說我們都疲倦了，談它也無益，最好是我離開通霄，或離開台灣。我不知道她是否瞭解我說這話的意思，她一向對我的失望是因為我還另有所愛，現在她表示對我絕望。我與她的感情目前是保持平和狀態，一種家庭生活的不可分離的需要，除了這個，我的心是灰灰冷冷的。整個生活造成這種平淡關係，原因是由長遠而來的，不能輕率地說這是誰的錯。最早在我心性還很單純之時，她對我的冷淡是我心中的一項打擊，我還記得當時的每一個細節，以及我在失業時所過的疼痛生活，這一切都在我的作品中可茲佐證。這些事都已過去，只留下一顆冷冷和怨煩的心。總之，這一切都使我檢討出我錯誤的人生，現在雖欲加改變，但這可其困難的情勢啊！真的，對這短暫的人生而言，我竟然有無可奈何之嘆。我希望一切

相安無事，空談愛不愛誠然無知，我相信今天大家還能相守，這比口頭上的熱情真實多了，

何必計較內心是否相屬不相屬；何況，我也不知道她的內心的真實，為什麼她有權來追索我

內心的真實呢？

滿懷著興奮的心情沖洗底片，結果是滿盤的失敗，整條底片光溜溜的，似乎是倒錯了藥

水，不然就是全部曝光了，一時不能確定是那一種錯誤。

我一面抽煙一面思想神與我們有關的事，這樣會算是褻瀆嗎？我一面聽流行音樂一面閱

讀《聖經》，這樣也算是不純淨嗎？我經常在做愛之後，繼續讀書或寫作，這樣不構成荒謬

嗎？我想像不出有什麼理由，神會不喜歡我的這種行為；不要以為我膽大妄為，紛擾常常是

我集中思考力的溫床。

我以為一個自願低下頭來，或跪著禱告的人，一定有他個別的禱告辭，並且有他禱告的

個別性質。我的禱告從來少有要求應許某種願望，除了為理想的愛而外，大部份我為求獲得

心理的轉換而禱告。

在我最初的幾次祖先的祀拜儀式中，我依照母親曾教我的，在舉香祈求中說出，求祖

先的神靈保佑我們這些子孫有興隆的發展。後來我改了方式，希望他們的魂靈回來愉快地與

我們共餐。我是重視內心和諧的人，反而厭煩外在的烜赫；我雖算是家族主義的人，但我並

不以為有錢有勢好讓別人看得起是一件人生努力的首要工作，尤其要藉靠神靈來達成這個目

標，簡直像要他們搬金塊給我同樣的荒謬和不可能。

神與人同在不限定在我們敬拜或讚美祂的時候，我深深的明白，一旦我相信祂的崇高

存在，祂就不會隨意任由我們的意志把祂擺開；每當我去與女友約會時，我總感覺祂與我同在，使我的本能意志獲得心安理得的鎮定，要不然，我就會十分恐懼我是這個倫理與秩序的社會的一名罪犯。

父親之不同於祖父，幾乎就像貓之不同於狗一樣，這類比喻妥當嗎？（家庭的組合是一種不同類事物的組合，其中的成員不容許人同一的標準衡量他們。）

三倍的謙卑還不夠，更多也不是，有的人無需，有的謙卑也無用，根本沒有這條法則保證可以過天使般的日子。

談到儀式（包括一般各式各樣的），我常聽到許多人圍著爭論一些細節的問題，為合乎禮統或不合禮統而擺出忿忿不平的衛道態度。在我看來，儀式與主持儀式的人的關係特別重要，它們成為不可分割的一體；如果有一位老練如藝術家一樣的主持人領導者儀式的進行，那麼這個儀式多一節少一節，或變換樣式，看起來也一定合度，甚至讓人感覺非常配合當時的需要，否則，我們所參與的必定是形式呆板而缺少虔誠的儀式。

有時，所謂自我的道德意識，它是不是也是一個無中生有，把自己判得過份嚴酷的魔鬼法官？自我譴責恐怕就是這樣的一個角色。

目前我正陷入這樣的煩思之中，尋找著不良的事物來試探著自己，內心充滿著私隱的企圖，可是其結果不但發現他人是自私的、虛偽的，我自己同樣也是如此，而且恐怕猶有過之。思索與邪惡有關的事竟然也能嘗到某種快感，這應該是指復仇的行為，可是對我而言，絕不能稱做是某種快感，而是落入全然無助的悲哀。

今日的社會都有偽基督徒的作風，他們所扮演的就是瘋狂的道德角色。

昨夜我在賭牌的過程中，腦裡不斷出現神與我同在的意識，最後祂在我的拙劣牌技中退走了，祂大概認為把運氣給予這樣不求上進的人是不值得的，結果我節節敗陣，直到囊空如洗。我從那窒悶炎熱有如地獄的房屋走出，我感覺在這清涼的夜空下受到解放了，於是我做出手舞足蹈的動作，並且深深地呼吸新鮮的空氣。

# 六四、為我而發生的

當我通過台北火車站的剪票口走向候車的月台位置時，我走去的方向正是一年前此時我和黛安娜在此告別的地方，她把我拉到堆積行李的角落，並要我吻她。我拿出手記簿翻出她家的地址，極想打個電話過去詢問她今年是否已從美國回來度假。我沒有她的信息已有半年，前半年我幾乎每兩個星期給她一封長信，她也照我們的約定回信給我，然後在年底時我因精神狀態的危機而中斷了。我此時想像她可愛的臉和碩壯的身體，但我覺得已經過去了，實在沒有必要打這個多餘的電話，她回來不回來似乎與我已不會有任何的關係了。

昨日早晨我搭七時十二分的快車北上，在十時前趕到遠景社，蓋完印章結清版稅我就走了。下午和 Spring 去看電影《一九四一》，這部片子的胡鬧實在精彩極了，是很值得觀賞的好電影。晚上我到木柵，見到小女兒小書，她在那裡還很習慣，我覺得頗放心；早晨我要走時，她還在睡覺，我叫醒她，並給她零用錢，她繼續睡覺，我就走了。

一路從台北回來，火車廂內熱氣和猛烈轉動的電扇使人十分難受。我把窗戶的紗窗放下，集中精神拍攝沿路的風景。我不覺得在這樣的早晨會比某次黃昏（由台中回來）的光影更佳，太過直射的陽光使景物顯得白撲撲的，不過我沒有選擇的餘地，一切都還在嘗試的階段，我並不害怕這種嘗試的失敗。

省視我過去諸行為與動機，沒有一件不是合乎神的意志，就以寫作和愛情而言，這兩件事是交錯地進行在我過往的生活裡，痛苦與快樂也密切地纏伴成一股生命的激情，假如說，這不能代表真正的我，那麼我又是什麼東西呢？我相信這些發生在我身上的事件，是為我而發生的，不是為我，又該為誰呢？我應該感謝神的美意，雖然有些部份已經結束了，但它們永遠留在在我的記憶中不會抹滅，現在的我就是由那些經歷而成長的。

路易士說基督教政治學的實際問題在於如何能儘量不犯罪與不信的老百姓一同生活，受不信的統治者領導。這一點我有同感並表贊同。但他旋又說不信的統治者永遠無法全然智慧、全然良善，他有時會非常邪惡、非常愚蠢。這樣說不啻就變成十分感情用事，從古至今，人類世界有許多不信的仁君，也有信的暴君，這怎麼說呢？我不認為信與不信的差別會這麼大，我們也無須把統治者視得這樣重要，因此我們也無需對他過分嚴厲的批判。

康德做個哲學家是我所敬仰的，但我信不信奉康德哲學是另一回事。我們是滿不在乎的受造物，這說法也許是實在的，但他又說：「我們本可享受無止境的喜樂，卻沉溺在酒精、性慾和野心中，就好像無知的小孩因為不能想像海濱度假是副什麼樣子，便只想繼續在貧民窟裡玩泥巴。」這樣說的話，無非對今日人類的處境缺少普遍的瞭解和憐憫。

# 六五、晨夢

我剛剛在疲乏的晨睡中做了一個夢。我走進屋子裡（像是回家），看到桌上有一卷郵件，打開看，類似一件繳稅的通知。我趕到一家戲院，舞台有一位女郎在舞蹈，她是個誘惑人的尤物，我坐在一個前排的位置，一位紳士走來靠近我旁邊坐下，傾身過來注視我手中翻看的文件，我指著文件中的某一項告訴他，這裡面記載著我與那美麗女郎的關係。當那位身旁的人在迷茫和疑問的時候，我起身走開，轉到戲院邊側的位置去，我在尋找合適的座位，但沒有找到，許多位置已被人佔去準備吃餐點。我移到後排中央坐下來，卻為前排的人頭擋住視線，於是我退走了。我來到一處荒郊的所在，也擠進那裡不知為何設置的一排椅子，就彷彿在戲院裡看表演一樣。我身旁的一個人伸臂過來繞著我的肩背，我感覺那隻手臂就像是什麼重物，那個人有意使勁地壓迫我，使我漸感難受，於是我的身子被壓得越來越低斜，直到承受不了掙脫走開，重換了一個新位置。不久座位上的人紛紛走了，我也跟著離開，但有

一陌生人跟蹤著我。我在鄉野鄉道路上戰戰兢兢地邁向城市想要趕回原先的那家戲院去，道路是曲曲折折的，經過一處又一處的村落，我設法擺脫那位跟蹤的人。突然我從一座樓房的廊下走過，抬頭看到樓上熱鬧的聚會，在窗口出現了老趙，他俯視著我，從他那驕傲又邪惡的臉目，我頓時覺悟，他原來就是不折不扣的壞人，是某個集團中的一份子。我更加驚慌地逃走，在臨近城市的時候，在路上遇到一個年輕人，他傳話給我說：「不是今晚，就是明天。」聽到這句話，我由驚轉喜，而且已經到了城市，我腦中浮現戲院的影子，想著今晚還能作樂……然後醒來。

自從台北回來，照樣忙於工地房子的諸種事務，外線的電桿豎好了，鄰居已經搬進去住了，我通知五金行裝好玻璃後運鋁門窗來安裝，並告訴油漆工前來粉刷未完的部份。我計劃在頂樓架設棚子或加蓋屋頂防熱，這一切在心裡都有腹案，卻礙於人事而無法順利進行。我更擔心經濟力不夠，打算做到此為止，住進去後再慢慢設法加添設備，但水和電沒有完全設好妥當，根本也難以使用。我現在心裡多麼盼望能放開一切出去旅行一趟。

我發現我有往苦難走去的意願，目的是要考驗自己，也似乎隱埋著某些僥倖收穫的心理，譬如以賭牌來說，情形就是如此，每隔著一段日子，總會轉到這個墮落的陷阱去一次。我應該從內心去調理自己的意圖，使之視為純粹的我個人最大的羞恥和軟弱，如果我要去賭牌，我應該從內心去調理自己的意圖，使之視為純粹的賭博，而不是懷著偽假的態度，認為輸贏毫無所謂。

我把這一次從台北拍回來的底片沖洗出來，重新換了藥品，結果很成功，並改用新的瓶子裝回藥品。我洗印儘量讓它曝光充足，結果與職業照像館洗出來的明亮一樣，我不認為這

有什麼不好，起碼證明我也有這一份能力，不要企圖以做不到這一層，而以別的成就來掩蓋這一層次的瞭解。我以為做一個藝術家，最起碼的條件是誠實地對自己的所作所為擺出完全負責的態度，投機取巧雖能一時迷騙別人，卻很可能是從此類工作的途徑中的敗行，永遠留在自己的內心不可告人的污點。

就是不進教堂的非基督教徒，天堂與地獄亦是他們交談的主要話題，只不過不提這兩個語調而已。

有人說，不要談玄學，要談實際現實的事物，那麼這種人根本就不明白真實感覺的事物本身就是玄學，也是實際現實的事物，它一面歸於思想，一面歸於具體的實物，猶如靈魂與肉體所結合成的「人」。

人生到底是貧乏還是富饒呢？是貧乏而幻生富饒；是富饒而自感貧乏。那些貧苦的人每一時刻都活在對天堂的企慕中，而富裕奢侈的人則在地獄的深淵中掙扎。

我坐在屋內沉思，世界在外面運轉。這樣說來我是個不參與世界前進的局外人。事實不然，因為世界的進化是靠精神力的匯聚，而我們人微薄的體力根本沒有在另外的地方有站立的使力點。

少有狗和貓聚會遊玩共餐在一起的例子，我每天所見的都是狗追貓在屋前路上所掀起的驚擾。從本性而言，要保持和平的心胸都不易，談何進一步擴展它呢？像這種類似理想的境況，猶如某些主義所宣傳的共有，雖然稍涉知識的人都抱著獻身的嚮往，其實這種夢幻所造成的反而是滅人自滅的勾當。還是早日認清自己的身份，各守在被天賦劃分的位置，而不要

對自己未知的本性做危險的試探。

通常我們既找不到真理，也遇不到真正的朋友。實際上世上的每一個人都十分相像，就因為如此，我們常感厭煩和失望。

我以為深遠的意義總是與短暫的形象相呼應的。

依照基督教倫理觀所發展的思想和言行都沒有錯，而且都成為一項典則；我相信天堂也是由這些磚石砌建完成的，可是人與人之間總在那裡爭論計較，到底誰應該搬運第一塊石頭。

當我們思想時，最大且最高的要先想，但當我們什麼要去實踐它時，最小且最低層的要先做。

男人以某種神祕的，不容揶揄的方式渴望著他所愛的女人，這項瞭解不可否認的使女人負起神聖的責任成全他。如果女人不能給予男人快樂，那麼什麼才是男人所需要的快樂呢？貞潔被舉得那樣崇高就像它被視為如此鄙狹，卻很少有人將貞潔做全面人生的看法，而卻專指性行為的一端。現在的人應該不難瞭解兩性間的追求都是他們生命意志最具體的象徵，同樣的我們要有全面釐定的新看法，不要再被迂腐的約定阻擾我們生活的自由目的。

脫衣舞應該也是表演藝術的一種，當然它的特別形式本身就具有特別的內涵；如果我們去看它，目的像是去看一塊羊排或一小塊醃肉的話，這行業是應該徹底禁止的。我以為能跳脫衣舞的女郎一定十分稀少，她必須具備以她的肉體自身來詮釋人生的戲劇能力，就從這一點看，脫衣舞要比其他的藝術形式更高貴。

雖然我們沒有必要效法崔思坦和伊索德，但受制於人世環境的結果，我們仍然無力逃開這悲劇的命運。

# 六六、墾丁之旅

我來墾丁已經是第二天，上午就像一般旅遊者一樣僱用一部車子到恆春所屬的各處勝景遊覽，最後到了鵝鑾鼻看見那座漂亮的燈塔。所謂一個旅客的心願，無非只是想達成一個目的，當與人談起自己的旅遊經歷時，可以坦然地表示自己的確到過某地，睹見那地方的標誌，而不至於在俗世做人的價值上落後別人；要是大家聚集一起談論，當別人說得津津有味時，自己卻無那類似的經驗，而顯得寂寞無歡，心頭感到無上自卑。事實上我不是一個想在以上那種場合中湊趣的人物；我很少有主動旅遊的興趣，更不喜歡在旅途和一大堆人走在一起趕往某個勝地去觀賞。坦白說我不知道如何觀賞景物，分辨不出看到某些景物到底心裡有何喜悅，我常在睹見人們嚮往的景物時覺得茫然，根本體會不出我從景物中獲得什麼滋養，要是我的心願盤繞著未解的事體，那實在說，我只是眼見而心不見。我也曾聽到某些人所說的各種旅遊的厭言，這可以證明人間根本沒有在同一時空趨向同一目的的意志和興趣；但也

有某些人凡從遊歷中回來，便讚不絕口地說到他所見的一切都屬新奇和偉大，我們不難明瞭他的表現只是想自抬身價而已。我來墾丁原是想尋找拍攝的題材，可是所見的景物並不吻合我內心的要求；我應該多花時間和精神去尋覓，但一時也難能遇見，因此姑且像普通遊客到處走馬看花，膚表地掠過舉著照相機亂拍起來；雖然心中並不暢快，但一切已經做了，就像流水帳似的任其存在，也任其浪費了。

前天我從通霄來到高雄見Ｇ‧Ｌ，明天我又要由此地（墾丁）回高雄見他。

## 六七、旅行之外

墾丁之旅的拍攝照片幾經思慮之後令天寄給G·L；我在上月二十八日回來時已經對他告別了。

關於我到高雄的目的，我在回來的前一晚告知了老莫，他可能早就看出我幾次來高雄的動機，因此在面對面時並未表示出他個人的任何意見。老莫和G·L的關係是很難界定的，外表上他們是十分講義氣的朋友，並且有事業上的合作；G·L，曾對我直陳，他心目中的人就是老莫，這就是一切。墾丁之旅的每一時刻都是悲傷而荒謬，那位瘦姑娘陪我去是我始料不及的，我無法表示拒絕，因為我內心充滿矛盾和好奇。第一天我們都能相敬而和諧，但到第二天，我便看出她的不寧靜了，我心裡對這位埋藏苦悶的姑娘深表憐憫。她最好的自制就是離開我去參加別一輩人的玩樂，我保持冷靜，認為沒有她的存在。據她說，她和那羣青年瘋狂了一夜，回高雄的那天早上，她病了，又遭遇到風雨在路上受阻，她顯得十分不耐煩，甚至對計程車司機發脾氣，我和她在一條街道匆匆地道別。

墾丁之旅所拍的照片，在拍攝的當時幾乎都是敷衍而失望的，回來處理之後，卻有幾張可以保存。關於拍攝，我應該選定一個地方長久住下來，細心的觀察和等待，做有系統和有主題旨趣的拍照。我想要將台灣的風景拍成可觀的創作，還需一番的努力，使之將我的內心心象藉景物顯達出來。從另一方面說，墾丁之旅是個有價值的經驗，如果我能有時間把它寫成一部小說。

# 六八、內心的兩難

早晨我騎摩托車行抵學校（我在幾日前才調來坪頂國民小學）之前，在一個右轉彎的路口，和另一部迎面而來的摩托車相撞，騎車的年輕女郎和後座的老婦人都倒在地面，經路人的扶持坐在一家商店門廊的長椅上，我走過去慰問她們是否受傷。她們受了點擦傷，車子也輕微的損壞；我的車的擋風玻璃左下角破了，腳踏的橫桿彎曲，我的左手食指腫傷，其他毫無損傷。對於這件事，我覺得奇怪，對方是個女人，她騎的車太偏向我行的車道，我們的速度都很慢，可是我不瞭解為什麼在未撞上之前都互相看見，而她竟沒有把方向轉開，僵直地衝撞過來，而我在右邊的邊上已沒有再躲避的餘地，所以在那一瞬間，我倒真的吃了一驚。當然她不是故意，她一定沒有料想到我在這彎道上的突然出現，當她看到我時可能忘掉了一個騎車者該有的反應，所以她坐在長椅上一直低傾著頭部，對我的詢問保持著羞於啟口的沉默。我是個陌生人，要不是對方錯了，恐怕難逃路邊圍過來的本地人的嚴厲指責。後來

店東過來對我說，對方是學校某一位教師的女兒，要我直接跟她父親說就好了。有什麼好說的呢？我根本沒有想要得到什麼補償；但是當我在學校遇到那位教師並且先向他道歉時，他似乎有些生氣的樣子，表示誰對誰錯根本也沒有看到。接著有一位教師跑來問我，說他剛才經過那家商店，有人告訴他，說我撞倒了人，沒有表示什麼就騎車逃跑了。看來這事情是越來越不妙了，但我並不在意別人的傳說，我心裡只記掛著那女郎低頭沉默不語的姿態。

早會時，我向學校建議某些課務變更的問題，雖有其他教師的附議，卻未被學校採納；我心裡也明白，這樣的事大都是依照舊例，很少變動的，也就是他們所說的每一個學校都有它的單行法規。我再站起來駁斥這種單行法規的不當和落伍，並且不合實際需要。但事情過後，我心裡並不關心是否能改革，我本身就是這種不合理的單行法的受害者，我卻準備忍受它，事實上在這種環境也只有如此，我的責任似乎只是指出其不當而已，如果要我付諸行動，那就是革命了。

我在認真地讀《齊瓦哥醫生》這部吸引我啟示我的小說，過去我讀《戰爭與和平》和《卡拉馬助夫兄弟》也同樣的慎重，不可少的就是寫下筆記。這部小說無疑非是一位優秀和觀察入微的詩人所能寫成的，我十分欣賞和讚嘆他在景物的描寫上詩意地闡明了一切人們所生活的感受情形，因此避去了刺眼或煽情的憤懣之詞，而所有的情感都很含蓄和真確，使人的內心雖感受到淒涼和無情，卻也統統把它們容忍了。我很久以來就想寫一部較長的小說，卻找不到適可表達的語言，我知道依循我過去的成就方式來完成這樣的小說是浪費筆墨的，所以我只能等待和再學習，墾掘我內心的容量，發現我欣然喜悅的語言，到那時才是我重又

動筆的時候。在這樣的一段長時中，我的生活顯得沉悶無歡，心中充滿複雜的煩憂，另外又盼望企求某些特別的愛戴，像是一個小孩子在開始要學習時，要求承諾對他額外的獎賞和鼓勵。我心裡需要的就是這麼一點特別的哄騙來滿足，否則我根本什麼也不情願去做。我疑問這個世界是否有人明白我的稟性而能對我懷著愛意？真的，我不知道。這就是我現在（恐怕是長久以來）所遭遇到的我自己的兩難人性，它造成我的心靈淫晦和不安。

# 六九、海洋的幻畫

一夜之間突然感覺氣候的轉換，今天是農曆八月初一，昨日晚間天氣報告中亦談到此日雁南飛天氣轉涼的事，這個訊息對我是好的，因為今年的夏季似乎對我折磨甚為凌冽，在計劃和希望中沒有獲得多少的收益，倒是覺得它不懷好意，前幾日在海水浴場游泳時感覺右臂扭傷了，看來今年再也無法下水游泳了。學校開學後的幾日以來，氣候非常炎熱和窒悶，今天我到學校情形已有轉變，我散步到操場，走近圍牆旁邊，看到附近的相思樹林的柔美姿態有說不出的喜悅。這附近原都是丘陵地的田園，風景雖然不算優美，但比起市鎮或我原先服務的學校，卻令人心曠神怡很多；早晨我一路騎車從市鎮往山裡來，故意放慢車速欣賞在晨光中淡藍的羣山；這條路約有九公里長，坡道和彎曲增加騎車的樂趣，黃昏返回時俯視山下的海岸，那裡永遠展佈著奇幻的圖畫。

# 七〇、生活的代價

是什麼造成我的精神和肉體的倦怠感呢？是身體上肩部的痠痛，還是我本身自覺的呆僵生活呢？或則是這兩者聯合的折磨呢？似乎任何一點都是原因，沒有任何一點不是。昨天我就感到萬分的不耐，厭煩這個生活環境，甚至厭惡自己。這一切都趨向於要發一場大病，但我心理上又害怕病倒，因此夾在這要病和怕病的精神折磨中間。或許生一場病也好，致命的或是能復健的都好；如果不能從病中改善自己，重新創造自己的未來生命，那麼就讓它致命罷。

這幾日我總是在教課之餘的時間讀《齊瓦哥醫生》這本小說，如果我不讀它，便覺得一日生活的無聊和困頓。這本小說實在出乎我意料的優美，是我曾看過的小說中最能啟示我的一部；作者的冷靜，開啟我一向對小說藝術的固執看法。要寫這樣的小說談何容易啊！它比《戰爭與和平》細嫩、真實而富詩意，每一段生活的細節都是真實的象徵，景物和地理氣

候都與人的生活感受互相映照，好像一張一張連綴起來的圖畫，而每一張都是佳構，如果不是一位訓練有素的優秀詩人，那能如此完美地描述那些時空的遞變呢？不論俄國是何種樣政權，能有這樣偉大的作家實在令人欽敬，如沒有那種忍受孤獨寂寞的性格，根本不能產生曠世的藝術作品。

我想到，如果我急躁和不安，那麼根本就不能再寫出任何的作品了。回憶我以前的寫作，我是具備藝術的高貴品性，所以我能寫出一些好作品來；但現在我被某種生活的騷擾驅散了這種氣質，變得俗不可耐，而且充滿了內在的憂慮。為什麼我會陷入於這種絕境呢？因為我空費心機於日漸繁富的生活，以致成為一個自我嘲諷的虛偽者。現在我從這惡夢中醒來，感到滿身的倦怠。我盼待精神的復原，想找回我原真的面目。這幾年來生活的代價就是矛盾和痛苦。現在我十分明白，一旦我違背自己，想虛偽的改換自己，欺瞞自己時，我就不是一個純粹的藝術創作者。現在我是被這社會遺忘了，是我有意無意地做到這一點，這樣做還需我付出對自己的誠摯，因為沉默是必要的，不必硬撐著自己過去的形象來蒙騙別人；如果我不再寫作，就此讓人遺忘那才是一件好事呢。實在，我並不憂慮被人看低或被人遺忘，最重要的是我應該找出一條可以讓我心平氣和的生活之路，從這樣的途徑去體會人生，那麼藝術的創造就是次要而附帶來的喜悅；更確切的說，創作的藝術是依附在真誠的生活而存在的，並且需以生命的需要去愛，這樣我的創作生命才能再度復甦。

# 七一、沒有大不幸也沒有真幸福

一整天在學校的辛勞所盼待的就是回家，但當回到家倒坐在沙發裡，心神卻像馳往某一個地方，不能有安穩的休息狀態，覺得滿心的空無，打開收音機，卻聽不進任何音符，心中充滿憂悶，毫無喜悅的滿足和沉靜。啊，我這充滿污濁混亂的心靈呀，好似從什麼時候開始便這樣的不安，白晝清醒的時候充滿了騷擾，夜晚睡眠時疑亂的夢，非真實的夢境佔滿著那黑暗的意識層。我到底在那裡做錯了呢？它們都是時代使然嗎？許多人都同樣遭遇到類同的問題嗎？我所目睹的世界實在充滿著不合理、不應該的痛苦。我自身的智慧不足夠來處理現實的諸種切身問題，所以感覺虛弱和落塵；這社會沒有新的道德，以致使人處處覺得有違逆的不安。我自忖，我難道沒有能力來掃清我滿懷的陰霾嗎？我想到友人 Sagio 這個人來了，設若他的情形與我類同，但他所擺出的姿態卻全然迴異；他看來像不負責任的，別人總以為他非常的糟糕，但我以為他這樣的模樣正是對付現實

的最好辦法，當什麼事都不去想要解決時，一切便都自行解決了，只需將自己持穩懸浮，便也不必為佔住一個固定位置而要付出各種的代價。一切都不想到要為自己，便什麼也傷害不到自己了。假使我與這情形相反，那麼我所擔負的苦頭就不想而喻了。我以為在這混亂的世態裡所持有的某些道德內涵是十分可笑的，這就是我感覺任何事都無去贏得一個合理合情的結果的真正原因了。我們活在一個沒有大不幸也沒有真幸福的世界，這樣的環境無疑是不能長足智慧，也獲不到滿意的快樂，反而消蝕人的天賦智能，走進無可奈何和矛盾騷擾的境地，因此無法形成人應有的精神面貌，所以什麼事看起來都缺少了什麼，看起來不真實，又不能說明它不代表著什麼，似乎到處都是空空洞洞的廢物，醜惡可怕而毫無美感。

# 七二、魔鬼新娘

清晨（約五點鐘左右）我掛著相機出去，我想外出的動機是從客廳打開的門縫看到東方剛破曉的凝塊雲層，它的黑藍色似乎與剛過不久的颱風有關。但是當我走到屋外的馬路，卻覺得失望了；我始終覺得這左近的風景不能和天空的雲彩配合。我折回來，腳步已經往回走了，但我又想既然出來了，何不去散步亦可。我走到沙河上的橋，看看雨水過後的河底。過橋是一個新社區，我當然無意想到那裡去散步；因為所謂社區，實在只是個乏善可陳的居住地而已；所謂的新，只不過是住家的聚集成立不久，卻看不出有較合理的氣象。我左彎沿河邊而走，這一條河岸道路的清靜恐怕就是我目前只能選擇來散步的理由了。四周是晨曦的迷濛景象，不過天明得很快，瞬息中就會感覺晨景

每次看到這不幸和被屈辱的河總是令我噓嘆不已，它現在的樣子，就像是一個被整得很悽慘的人，形態都曲扭而醜陋了。我內心充滿了灰心，就如我目前的生活一樣。

邁步，遠遠可以見到路的那一頭有幾個體操的人影。

的過去，好在天上的雲塊很厚，面積亦廣，太陽光的洩露不全然普照著大地。我拍了一張較廣闊的風景，遠山和雲彩以及稻田和田間排列的木麻黃樹都包含在鏡視內。當我繼續前行時，我發現路邊的草所沾的露水很重，這使我轉移注視木麻黃外射的針葉同樣沾滿白露的景致了。是很美，深藍中灑著細粒的水珠，好像黑髮上鋪著一層白紗。我突然想到一位久遠似乎懷著憂怨和我告別的愛人，她當時一直盼望著能和我一同走向結婚的禮堂。我由路旁的斜坡下去，希望能取得較好的角度來拍攝，但是那些草和泥土都太滑了，似乎在對我懲罰。

# 七三、兩種靈魂

一切都沒關係，我有些發燒和疼痛，不單是肉體的，也包括心靈，但再壞也沒關係。

我剛看完了《百戰狂獅》這部電影；約二十年前，我也看過這部影片，至今印象深刻。我曾在某一篇序文或自序裡談到它，但我記不得了；現在我又突然想起來，在《削瘦的靈魂》中我記述過它。是不是，我不敢確定，我的神志近來相當昏沉。其實無所謂在那裡提到它，只要是它就對了。現在我想多加一些有關它的感想。這裡有兩位人物代表兩種靈魂，阿克曼代表著自由世界應有的個人尊嚴；狄索代表著集體世界的良知。這是非常諷刺的事實，也是這部戰爭影片中最重要的內涵，使人難以想像在代表自由的世界裡，竟然普遍侮慢個人尊嚴，因此而有阿克曼以挽救危機；另一方面在納粹主義的天地裡，野蠻和民族的自傲是他們侵略野心的特徵，所以有狄索的冷靜思辨，他的死充滿濃厚的悲劇意味。在一個無常而瘋狂的人類世界裡，有這兩種典型的人，頗令人對他們尊敬，也使

我們活著充滿希望和慰藉。看到這部電影使我回憶起少年時求學的種種遭遇，情形頗相似於阿克曼。所以無論我處在那裡，不論有人如何宣傳這是一個怎樣美好的生活天地，都不會感動著我，因為我不會對天堂太感好奇，也不會對地獄產生深惡的痛恨，像狄索一樣，我對一切都持著幾分的懷疑。我現在在家裡養傷，昨日使我的雙腿痠痛，但關於遠足這一點我非常滿意，在回程中，我和小學生爬上山嶺，站在那裡回望後面山丘的地帶，山坡上處處開著白灰灰的芒草花。記得某一年我應約赴雷君家，他們客廳的一隻陶罐就插著許多這種屬於原野草地漫生四處的植物。昨日的天氣是秋末最悶熱的一天，到晚上過了午夜，我聽到外面颳起了強風，今天的天氣與昨日已大異其趣了。我真正的傷是在內心裡，所以我待在家裡亦無關宏旨，根本無法在短暫時候恢復我清醒的神志。

我想為黃君寫序文，但毫無靈感，我對這事的感想太雜亂了，使我打從內心裡產生抗拒去寫它。我知道想再寫作就必須放棄現在的教職工作，可是我頗為恐懼。我從許多方面來看慰自己，有一方面是認為寫作並沒有什麼神聖之處，既然人只要維持活命，做什麼工作獲得酬勞都沒有分別，何況教書是我目前唯一能做的事，改行別業都不可能。但另一方面我又覺得教職使我產生極大的煩心，受到它的束縛太大了，這項自由職業似乎並沒有任何的自由教育的理想精神，在學校中所見之處，都非常使我痛心。我雖盡到一份我的職責去教學，其餘的我甚覺難過，這是使我常想丟職的最大理由：一個工作如果沒有工作的快樂在，這個工作便做來毫無意義了。於是我極欲想在寫作上尋求安慰。但是我現在能寫嗎？我寫什麼？我怎麼寫？知道什麼也寫不出來，因為現在我的心裡沒有任何屬於我的風格。

# 七四、要為有高尚品質的人寫作

清楚地注意空間事實和心理事實，文學與藝術的產生大都是由被動的因素驅迫為必須的表現。一切都是為了生存。但是文學與藝術在生存的領域裡原來並不是主要的行為，它的存在是經由困境由巧思的心轉移和昇華，文明就是由此逆境所產生，目的是改善原有的生活，所以在文明的世界生活沒有藝術和文學的創作，似乎是令人難以忍受的寂寞，創造和發明成為人生存的要義。安詳的回憶更重要於焦急地想要執行創造。我已經有過一段頗長時間的創作，現在的停頓並不意味著退萎，而是在一種溢滿的情懷裡，內心暫時不再容納更多，此時的享有是種恩德，憂慮則是不當的貪得情緒。有些人雜亂的無所不包，幻想自己是超人或大天才，其實是壞了品質，更降低原有的人格。創作總會再來臨，就像窮困和飢餓時，會想法尋食。不要受那些根本不瞭解你的人的呼聲或評語急迫地再去創作；當他們還未完全或部份的懂得你的內涵時，他們無權要求你，他們沒有那種可愛處值得你再去為他們創造新的東西；因為他們的無知猶如是一種惡意，只想看你辛勞而並不享有你的賜給。作家要為有高尚

品質的人寫作，不是為盲目自甘墮落的人拋置時光和精力，尤其要提防那些自命有知識或生活優渥的人，他們有時表現的比貧漢在內裡更卑劣。還有那些享譽名聲的同道，其中有些早已昏庸和變質，他們的人格大都已由主人的身份淪為某種現實意識所利用的奴婢。遠離和避開這些人，不要讓他們的虛名以為已凌駕在你的前面或頭上，保持你的清譽和純粹不二的意志，就是所有的人都反對你，也不必為此感到畏懼。如果你生而為創造，那麼你的孤獨和寂寞是有益的，沒有比保持此種境域更適於你的創作，你創作的美都會由此一顯現出來。

我現在比以前更相信創作的命運是與生俱來的，根本沒有那種換個環境的假設的說法，只能相信只有一種時空的事實，而能不能創作都全憑這一個機會。索忍尼辛說他離開俄國就斷了創作的根，這話似是而非，他該寫出的都已經完成了，如果他早十年離開，他依然能在別的生活世界回思和記錄有關俄國問題的小說。拜倫離開英國成熟於意大利。巴斯特納特無論在美國在中國在任何地方，他依然能創造美出來，即使不是那本《齊瓦哥醫生》亦會是另一本，必定同樣的美好。如是瘋三，就是受更高教育亦是瘋三無疑。所以沒有自嘆命運的必要。為了此一認知，我今後是否有創作都無需操心了。什麼時候會做什麼事，都應本乎自然，強求的不會來，現存的世界之物都是最原始最高的因所衍生，我們都是祂的進展中的過程，順乎自然就是相信上帝的存在，一切都在祂的意志之中。一個保持孤獨的人，並不是與別人有什麼特殊情事的不和諧，孤獨是一種自然天性，並不是意味遭人排斥。孤獨的真義是不與他人爭奪而退讓的意態；不是懦弱，而是容忍和謙卑。如果創造也是天性，那麼孤獨就是和它謀合的行徑，當我們目睹那些熾熱於爭權奪利的人的性質時更確信如此。

# 七五、昨日非我

一個人心中沒有愛也沒有創作就等於死了。現在除了關注我自身外，我幾乎已毫無他顧，外界的事物不但引不起我的興趣，我也不去計較在生活中的得失。我的心充滿憂鬱而無以排遣，我所需要的第一件事就是能去愛，去發洩慾望，但是對這一點我自感失敗而痛苦。偶爾我會興起創作的慾意，但事事在做了開頭之後便廢棄了，這是我過往未曾有過的事。我甚至懷疑我曾做過什麼有關創作的事，好像一無印象；書櫃裡擺著我寫的十幾本書，但它們好像和我毫無關係。過去我是怎樣去寫它們的，現在為何如此力不從心呢？為何？我真正對這事的感想如何呢？那位寫了如許之多作品的人走開了，現在的我是留下來回憶和懺悔的，因為這些作品是那個人生活和思想的記錄，現在的我就是在為此而檢省。除了這點之外，看我的日常生活的樣態罷。我連飲食都缺乏興致，只吃下僅夠維生的份量，每天我機械一般地準時去上班，責任心使我不至於對工作太感厭煩。有時我覺得我會軟弱而倒下，但只到危

機的邊緣，沒有完全地崩潰。我常感由內心湧起的遍佈全身的疼痛和虛弱，只要有一天這種感覺沒有，那麼時候就到了。我看別人都活得頗有生趣，熱心於爭奪，為微小的利益而奔走，我羨慕他們，但也奇怪他們，為什麼我會那麼麻木和僵化，對現實顯得一派漠不關心的樣子。

今日我數度回家，第一次回來拿相機，第二次回來吃午飯，家裡沒有預備我的份，以為我在學校吃便當，我只好自己做蛋炒飯吃，然後休息一會兒再出去，第三次回來是下午三點半，我沒有再出去，先看報紙，吃了一根香蕉，抽煙時感覺很虛弱，於是我打開收音機聽古典音樂，躺在沙發睡著了。

幾日之中僅有少許靈思的閃現，當我在路上馳騁觀覽風景時才觸引我創造的返思，但它們很快就沉落心底沒有持續浮現。

# 七六、當雲塊潰散時

今日發薪，學校的教師們喜悅於手中大堆的鈔票，加上獎金，有些人領到近三萬元，從他們喋喋不休的話中可以想像他們心中的喜慰。不過從他們掩飾的表情上也可以意料他們歡喜之後的落寞，只要過了今夜，明日的情緒又會漸趨低落，許多瑣事的爭執依然照樣會發生。

學生在自習時，我習慣於依靠在教室敞開的窗戶，觀看圍牆外高大崇天的木麻黃樹，它們整株的黑藍色澤，似乎沉定堅毅得很，非常的正直，樹梢的那片天空，從遠山處佈起多種形象的白雲，雲塊的移動極易觸動我的想像。有一個形象的頭部，在逐漸的變換中出現生命存活時的各類表情。當雲塊潰散時有點使人悚動，我想到生命體的敗亡，尤其它們被抽離成薄薄像絲帶的條子，並且漸漸漂流和消失。我不知道我死後將會轉換為何種方式的存在；生命的因質是不會滅亡的，但卻不知要經過何種程序再形成何種樣態。我還能想起昨夜睡眠

前，意識裡盤繞著明日來臨的諸事物，我會躍起而為工作騎車到學校的情形，這事的流程何其迅捷，而現在一切都已完成過去了。生命是難以掌握的，無法使它停止在一個定點上。

經過草坪，我散步到短牆的邊沿，注視南方一處凸立於斷崖的一簇朝天的樹林；我曾在許多不同的時辰觀察過它們，視線要越過多層的相思樹林的頂端，它們就這樣暴露於光輝的空際。我的心產生一種仰慕之情，這個我每日可看可思的自然，包括東方長綿的山巒，它們永遠在那裡，隨氣候和時辰改變著多種的色貌；我由衷地滋生寄望，希望有一天，經由它們的啟示解答我存在於內心而無法顯現的問題。

# 七七、持久而中庸的哲學

在回R君的信裡，我這樣寫著：因諸事纏身，未克前往。我這樣說的確是實情，這個月的忙碌，凡是公務員都是清楚的：中央民意代表的選舉和戶口普查，後者所要付出的工作時間，至今還不能預計。雖是這樣說，還有一個不願應邀的理由，就是我個人對他的失望；他過去對我的不友善態度致使我內心感到寒慄，使我決心遠離像他那樣的人。當我突然接獲他的信函時，他那慣有的矯揉作態的語句，勾起我無數沮喪的回憶；他可以說是我前半生活的最大誹謗者，他一直在背後以惡意批評我，阻撓別人想投給我的友誼，我並沒有察覺，直到我直接受到他的傷害，以及有人向我表白這些事情，我才恍然瞭解他為人的用心和本性的獪點。在我創作的歷程中，遭到同道的橫阻無數，我無意與任何人為敵，但當我明瞭這些事時，我已離開了，我慶幸沒有和他當面衝突，現在他們頂多在背後閒言閒語，但我相信他們有一天也會感到厭煩的。目前他們的成功和名望倒一點都引不起我的妒意，我常看見他們的

作品，知道他們的本質，坦白說趣味是不相同的，實在引不起我太大的興趣。我認為這是天意，使我退讓到這鄉下來，希望他們漸漸地淡忘有我的存在。我甚至認為被人忘懷是件幸運的事，真正的生活是尋求平靜，不是為名利自我騷擾。

自回通霄，當一名鄉下的小學教師之後，這十年來充滿了內心反抗的掙扎，尤其在今年裡，我感到心智上無比的頓挫和憂悶的絕望的打擊；但從自省中又漸漸回復平靜，只要我不奢求自己，就不會對外界感到那麼大的不滿。每天兩次騎車的奔馳，好像流風和自然風景在淘洗我一樣，深深體會平凡和孤獨的快樂，就像我在身心的需欲上所常保持的僅僅足夠而不過份的昂奮和滿足，幾近軟弱而不是壯盛，和平而不是欲要戰鬥，退讓而不是積極的進取。

這是一種持久而中庸的哲學，可免除各種危險的禍害和一種氣盛的自毀。

# 七八、決定去

我每天注視著山巒，那東方的高大山脈使我對它嚮往；我不能瞭解為什麼我常想到那山頂上去跑一趟；我每天上班騎車馳往山區的學校看到它時，總感想著要找一個時間越過那山巔，到山那邊的鄉鎮去。我聽說有一條山路可以去，也記得幾年前和一個爬山的朋友到達那山腳下，在一處有山澗流潺潺的地方，赤裸地沐浴和躺著歌唱。那條路在那時正在開闢，但那時還是沒有足夠的時間和願望想翻越過去。入冬以來那座山巒瀰漫著霧氣，使它顯得神祕和遙遠，我的心卻急切地要奔投到那裡。星期日（二十一日）我到新屋來歇息，決定是否花一個上午來給朋友寫信或騎車去接近那座山；最後我還是決定去冒險，如果我不去，也無心靜下來寫信。天氣很冷，風也很大，但我上路了。騎了一段，這是我每天上班必經之路，並問詢去三義的路，商家告訴我這路難走，他審視我的眼光似乎在譏笑我的怪異和無知。但我並沒有接受他的勸告，毅然尋著山路覺得雙手寒凍。我在一家路旁商店買了一副手套，

而去。很快柏油馬路沒有了，連接著的舊牛車路，已經長高了雜草，路面崎嶇不平，不適於騎車，我只得半騎半推地往前行進。下了一段陡坡，我還記得路旁有一座土地祠，周遭是一片舊時沿襲下來的景致，與市鎮的現代化相比較顯得僻落孤寂。一條具有規劃但鋪著圓石的道路傾斜著伸展入山，摩托車極困難地顛仆在路面上，我疑問著這幾年來為何沒有把這條路修築完成，以利山的兩邊的來往。我望著山壁，尋找我和朋友曾來探尋的所在，但已分辨不出是何處了，這是自然的掩飾和隱密之性使然。山路蜿蜒，突然我到達了一座跨過山澗的橋梁，對它倒塌了一個半邊感到驚異，附近的泥土塌陷得很厲害，顯然是急衝的水所沖潰的，這種斷裂傾倒的跡象令人惋惜。我停下來觀察，注視這座橋，它名叫「芎蕉坑橋」；這名字似乎很熟聽，原來它就在眼前。之後我繼續往上爬，路面更壞，更難行走，我有退回去的念頭，但這是一條只有勇氣往前，沒有勇氣退後之路。要是我想告訴別人說我騎一部三陽八十的機車爬過坪頂山巔，一定會遭人笑話，可是我現在就在這途中，其尷尬可想而知了。

不知經過了多少時間（我沒有戴表），我覺得身體很濕熱，而且戴手套已不方便控制機車的油門，我置身於寒霧之中，額頭卻冒出熱汗。最後我終於到達這條路的最高點，我停車走到崖邊眺望，在這個俯覽的視野裡，我能清楚地見到大安溪方面的鐵砧山，一大片由田野構成的平原；有一條山脈在中央，顯得很細小，有如一隻仆伏在地面的野獸的脊背，海岸的市鎮由於太過遙遠而瞧不出什麼特徵了；我想尋索幾處心中預想的目標，都無能辨識出來，沒有望遠鏡，一切都只有混淆一片，或細小到幾近於無。站在這高原，只能享受它的壯觀，卻無法認出村落的所在，也看不到人們的走動。我總以為這裡必定有什麼可以滿足我的事物，如

果我想來拍攝，事實上沿路我沒有看到可供攝取的景物，像現在我站在高處眺望，也只能憑肉眼和心情欣賞它，要是訴諸於描寫（或拍攝），依我的見解是太平板無趣了。藝術和事實之前，其差異頗為迥異，就像現在我所感悟的一般，它們是絕對兩種不同的真實面目，都為它們各自的理由而存在，而我們也以兩種不同的心地來接受它。凡是可供做為藝術題材的東西，並不一定就在當時使我們覺得它完美，而是在選擇它時使我們聯想，知道它是某種事物的象徵，它的形象是經過藝術家認可確立的一種語言。而一個了不起的自然景觀，它是自然的原本存在，只供給臨場的注視，而不可能將它取為必要的藝術象徵。許多壯麗的風景，在被拍攝後雖然可看到它的美麗，但與親睹真實相比就微不足道了。相反的，藝術的題材本身，根本不是任何人都能在面臨時就賦予它應有的意義，只有藝術家能夠。投注自然界，藝術家和一般人各有關心；一般人被動地為自然景觀吸引，藝術家則不然，他主動地發現。我想起我平時不能欣賞一般人談到的某些美景的經驗，我曾疑問我自己的麻木不仁，事實上我關注著另一種存在的意義──全面的人生的闡述或企圖揭顯某種存在的情感。藝術家本質上是理性而有秩序地詮釋人生，而一般人則被引誘去暴露情感。這樣說來，一般人是幸福的，而藝術家無疑要受痛苦和緊張的折磨，他必須付出心力來解釋一切存在的事物。他的報酬是工作的使命感。我約在那高處停留十幾分鐘，最後頗為失望地掉頭走開，發動馬達由隘口進入山的那一方向而去。我轉由一條暢通的道路繞了一大圈回家，我也因這一次的冒險行程而受了風寒病倒了。

# 七九、有一種人

對歲月流逝的傷感是極自然的事，任何情況都會造成這種哀吟的情緒，可是我想有一種人是不必要如此多情和脆弱，尤其當他沉墮在歲月的無奈之時，更無需去懷想而加深這份沉痛。現在的我就要這樣提醒著自己，免於為這氾濫的橫流把自己淹沒。

# 八〇、大意外

時報副刊在大前天（十日）登出我寫的〈再見書簡〉，這是我約在半年多前寫給讀者的覆函，我會寫出這篇書函導因於時報編輯一再地來信表示關懷並轉達讀者的問題，當時我寄出後許久都未見刊出，也未獲得他們有什麼表示，我以為內容不當而作罷了，沒想到會在這時突然以大標題宣告出來，並同時刊出黃克全的論文〈精神與自然〉討論我在小說中的男女關係。我萌生退意原是我個人的事，現在成為招搖而甚覺不安。讀者的猜疑和誤解是必然的，葉先生的來信中已顯示這個問題來，甚至懷拙的同學亦對他做出譏諷的姿態，我觀察尤莉，她的深沉表情也反應出來，我更覺得在我工作的學校無法自持安寧。整個事體實在太出人意表，我的內心充滿著沉痛。

我始終在猶疑是否決定搬到新屋去住，雖然我心裡已打算購買一些家具，並等待有些錢時就去履行這個想法，但仍然憂慮著帶來的不良影響。無疑家人都會反對我這樣做，但我心

裡實在需要單獨生活。我想整個問題所在是我和尤莉間的猜疑和難以和樂的生活，我一直不能釋懷過去和她之間的爭吵，只有分開生活是唯一的途徑。我想她也有同樣的想法，目前維持家庭的完整是越來越無法堅持了，我和她的心都已冰冷死亡。她不只一次對我這樣明白表示，我同樣提不起精神來製造家庭的快樂，我們過的是沉痛的生活，唯一存在的是我們並未放棄和孩子生活的責任，並且都以照顧之心來教育孩子，給他們生活的溫飽。

母親的狀況是我憂慮的另一個因素，她的舊生活態度不太能和現實的觀念同趨步調，我不知道如何來照顧她，她並不需要特別的看待但事實上卻又不然。大前天她遠赴台南看病，昨夜我打電話到高雄，她已於前天到達朝森家；朝森的妻子這期間正等待臨盆生產，但願她老人家在那裡能夠幫忙（事實上她早有意要去幫忙）而不要釀成某種不好的情緒；她的嘮叨習慣總是使人無法接受，她少插手做事就減少麻煩，但她是天生不整天忙著工作不行的人，這常常是我們想做什麼事的阻擾因素之一。

今天我在學校聽同事們議論一件車禍的事，一位年老的婦人在黃昏步行回家的途中為一個騎機車的青年撞死。他們都是坪頂的居民，所以這消息是真確的。老婦人有幾個兒子，都已成家立業，其中的一位曾是坪頂學校的教師，現在據說在基隆已當了校長，但因為兄弟分家有意氣之爭，這老婦人反而得不到適當的照顧，每天步行數里路下山到鎮上幫工，以自己的勞力養活自己，情況十分可憐。有一位同事說她的丈夫有時駕車路過看到她，便順道載了這老婦人回家；據說她也常在路上舉手請求駕車的人停車載她一程。那位騎機車的青年，是個夜校的學生，時常開快車在路上疾駛，往往要和同路的開車人比快，他的行為曾受到警

告，但他似乎並不在乎這些勸告，依然故我。老婦人和這位青年在前天這樣寒冷和黑暗的路上相遇了，據說兩個人都想閃避，但瞬間造成了這次車禍，老婦人手腳都折斷當場死亡，那摔倒的青年也重傷躺在醫院還未脫離險境。肇事者雙方的親人在這兩天進行和解談判，死者的一方要求對方賠償三十二萬元，據說目前協議付給二十五萬元。議論紛紛的同事們對那青年平時騎車的行徑雖表示憤怒，卻十分同情他是個倒楣者，因為死者已矣，所謂賠償金卻由那些自私而不孝的兒子們得去，這一點非常令人表示不滿。那使老婦人在夜中行走並得不到奉養的是那些爭產而不和的兒子們，他們竟然在最後還由死去的母親身上賺來大筆的金錢，頗使人覺得那無知而不願受教的青年的懲罰未免過分的嚴重。他的腦震盪還未清醒，將來可能殘廢，真正的苦主卻是這青年的無辜的家長。同事的言語和表情中不齒的是索求過酷，二十五萬元的確是一筆不少的鉅款。我想那老婦人和兒子間的是一件非外人所能瞭解的家庭問題，她的死使他們懸延不易解決的事不再存在了，不幸的是招引出一個倒楣的人，而像這種車禍的和解往往依照肇事者的輕重來判別是非，總之聽到這種事的不快感覺就好像我們和他們同樣遭到一場嚴厲的警惕。

# 八一、法國友人

收到由馬來西亞寄來的法國青年夫婦斐嵐泰和愛眉的賀卡，去年他們也有同樣的卡片寄來，前年初夏他們曾到舍下來訪問，聽他說是一位神父引介我的作品給他研究和翻譯，他們來台灣學中文並撰寫論文。這次他們的來信中提到《銀波翅膀》這本集子中的兩篇文章：〈雲雀升起〉和〈隱形人〉；我感到詫異的是他們回法國轉到馬來西亞時，此書並未出版，大概在該地書店最近買到的，我想。遠景社的沈先生覆函來了，提到拙作翻譯外文的事，並說《沙河悲歌》印行第四版，要我北上蓋章，我回信決定本星期六搭車前去。我同時回給那對樸實可愛的法國夫婦一封信，並附上一張楊熾宏為我拍的照片給他們留念。我想除非他們能繼續且成功地翻譯我的作品，否則再見面的機會大概沒有了。

中午，參加同事兒子婚禮的宴會，地點是一所極偏僻的家園，但卻整理得樸實有規模，來客大都是他們邱姓親戚；這邱姓家族的成員依我的觀察，都是很有成就的，無論是財富和

事業，就是他們的人品外表亦很好看。

從上星期五晚上感到喉嚨不適開始，至今有六天了，演變成咳嗽和肺部的窒悶。

# 八二、讀者

不能創作，就享受生活罷，不要把自己逼向絕境。

近日來清晨的氣溫很低很冷。我搭早車到台北，約十時抵達遠景社，在那裡我遇見張恆豪和羊子喬，他們在社裡負責編輯「諾貝爾文學獎全集」。他們問我寫〈再見書簡〉的事，顯然他們讀到那篇文章有些疑惑。張恆豪問我是否今後想寫有關我二十年來創作的感想和闡述我的人生觀，我說我曾想過這件事，但我不能有過份的自信。我明白現在生活情緒的低潮和灰心的狀況，做任何事對我而言都十分困難。近年來我對自己破壞得十分碎散，我因懷疑而把自己丟失了。

有讀者寫信（由時報轉來）呼喚我起來，稱讚我，要我振作。有一位讀者自稱是與我同軌道的人，他說：「這封短簡並不是要打擾您，而是做為一個讀者的我自認需要表現對您的敬意──對您的虛懷容忍與堅持的自信自許。」他又說：「我珍惜任何認真思考追索的生命

與文字，期待您的思索和得自先知的智慧在未來為讀者分離出重重更真實更持恆的靈魂。」

由這樣的信，可以想像某些人對我的創作的印象，但他們的意見卻令我顫怖。

尤莉又在為我的情感的事鬧情緒，她詢問我高雄女友的事，我說是朋友，不是愛人。尤莉要我帶她到家裡來，我說不可能。我不得不坦直的說，在高雄根本沒有所謂愛人，有的只是我個人的幻想。幻想是不實在的，因為在現實根本沒有那樣的人會自認她是我的愛人。這是實情，也就沒有再解釋的必要了。

# 八三、來去自由

我內心充滿了自我的爭辯，到底何去何從，沒有任何肯定的結論。在意識裡我已灌輸了要和某種使命和願望斷去關係，像一個退休的教師一樣從此我不再在講台上向學生授課，變成一種無所事事的狀態，在靜坐下來時便會不斷地回憶往事，如果促使此時會有這種喪身份的感覺，是遭到逼迫或許久以來厭苦的心所形成，我想憂悽的情緒是不能免除的。因為一個嚴肅的問題會這樣質問著：「我既然有了工作，我又活在此時此地做什麼？」沒有替代的任務，這種行屍般的度日是非常的不能習慣於往常那種被鞭策的日子，人在那種奴隸的狀態下好像活得很有意義似的，心裡時常盼望假日的解放，那種享受放假的感覺是興高采烈的，然後又會帶著沉重散漫的表情去做例行的工作。如今卻完全地停頓下來，所有以前的那種痛恨和偶發的激奮都消失了，像失掉知覺一樣麻痺著，任何外在發生的事物均引不起心田的激盪，雖然意識非常地清明，卻像不存在似地沒有參與的感動，只有漠然的旁觀。這就是我宣

佈隱退的狀況。

意外地，近日來，或應該說自九月調到坪頂小學任職以來，我有比以前更熱心於教學的傾向，我樂於去講課，不感覺身體有明顯的疲乏，我更關懷每天和我面對相望聽我講授的小學生。我注視他們每一個人的面孔，幾乎每一個人的特徵都不一樣，我保持溫和幽默的態度使他們不會有畏懼的心理。就我所知，小學生在上課時懷著恐怕的心情是不對的，這說明教師威嚇學生是無法達成恆久的教育目的，我現在想起來，那些曾用殘暴的手法教過我的老師們，沒有一個是我能懷念和感激的。現在除了教職的工作，我已認清我沒有其他更重要的事非要去做不可。許多創作意念在我的腦幕出現，每一個形象都很精彩，我探尋它們，辨別它們，品味它們，計劃去寫它們，它們似乎非常完整地盤旋在我寬敞的胸中，我從抽屜拿出紙張，握著筆，開始要把它們統統記錄下來，可是這一行動使它們像嚇跑似地逃得毫無蹤影，而我意會它們的自由性，也就放任而不願細加研究，放棄了筆和紙，站起來去散步，心裡這樣告慰著自己說：「讓它們自由來，也任它們自由地去，不束縛它們不是很欣悅嗎？」

這種情形像馴獸師在大原野中巧遇他曾在籠中馴服過的獅子，這一次他們互相對看一眼，都十分瞭解對方的底細，因此彼此互為敬禮，然後各走各的路。靈感對我已失了誘惑的能力，我現在不重視它，是它們一向使我太勞累了。顯然我再花十年寫十本書已不會增加我的樂趣，過去我曾寫出來的，那已經夠了，我不能貪多。我現在要成為一個完全的思想者，以思想為快樂，尤其是自由自在的思想。

# 八四、整夜無眠

今夜有美妙的音樂，但是我疲倦了。提琴清澈的旋律曾使我停頓看書，我正在看的書是齊克果的《誘惑者日記》，正進行在一個神奇想像的階段，他要西風去作弄一對訂婚的青年男女，而能讓他在最後的時候獲益；這當然是一段純粹的想像和戲劇。愛的意義是什麼？齊克果闡述得十分徹底而高尚，是一種愛情的理想境界，簡單地說是自由，沒有生理的負擔，也沒有心理的義務。如果依我的思想來說明，愛也是如此，而沒有比這再好的了。但人類遭遇的卻是濁亂，幾無情調可言，充滿狡詐和橫蠻。其所遭遇的狼狽情形，足可以狼狽代表人性被扭曲時內外形成的矛盾形貌。愛情就是如此，不是想到最高尚的就會淪為最下賤的。

我傷風感冒所遭致的咳嗽和肺部的不適已有十多天了，服用了幾種藥，並在前天到苑裡看醫生打針，都毫無起色。我突然想到要吃枇杷膏，叫懷拙去藥房買一瓶回來，吃了一口，便覺得喉部舒服很多，我再服一次，然後去睡覺。整夜無眠，好像清醒的幽靈小心地看守著我。

# 八五、經驗是無價的

這幾天的生活並沒有大變動，但我的心像是試圖要感覺著什麼。首先我要記下我在病痛中欲想戒掉的抽煙念頭，這是一次極好的戒煙機會。其次是我重又寫信給 G・L，我的思維裡常有他的影像。他在我心裡的地位是什麼呢？我也不清楚；不是朋友又不是愛人這種關係應有明確的意義顯示在心裡，像我現在自由浮動的心態，是什麼也不是，也是什麼都是，只要端看情勢怎樣隨時間和環境而變動。我自己頗為反省，為何一個不明確的目標能夠讓我說明那麼多的話語，到底都是寫了些什麼？裡面到底代表多少我的真情，或只是些塗寫的廢話？我可以真確的感到文筆中的期盼和寄望。我不知道 G・L 看了我的信是否覺得有意趣。放寒假已經有幾天了，我是很能適應放假的自由日子，但目前還很難好好利用我的時間來從事我要計劃的工作（一切工作只信是他要求的，他應該懂得如何從信文中去辨識我的本質。留存在心裡並不具體），我需要一間自己專用的屋子，已經有了，但還需要一些家具和佈置

才能安定下來。什麼時候能達成呢？我不能肯定，但心裡是時常記掛著這件事；也許有足夠的錢，便馬上可以動手做了。所以我利用這些浮盪不穩的時間來看書或做任意的消遣。譬如昨夜和大前夜，我便欣然接受戴先生的邀請，到他的山居的寓所飲酒和打牌。打牌對我並不怎麼有興趣，我更關注那些圍繞在牌桌周遭的事物。唯一有刺激性的是騎車奔馳於黑漆無人而又寒冷的山路的運動。奔跑這麼長的路由市鎮到山區去打牌，莫不人以為是瘋狂的行為，殊不知我實在是為了打牌的藉口來承受奔流於野外的幽黑刺激的快感；如果沒有這個藉口是不可能有策促力叫我單獨動身去做這荒謬的行為。什麼事都有它意外來臨而人懷念的心得，我第一次在黑暗的夜裡蒙受驚懼的感觸就是這樣來的。約在二十多年前，我還在北師讀書的時候，那年的寒假我沒有回家鄉，留在學校的結果使我想做環島的單騎旅行，這也是瘋狂的念頭，卻是為了脫逃和忘懷當時做學生的屈辱，因此就沒有絲毫考慮這趟旅行的危險的處境。當夜晚來臨，我在黑漆的山路上，當時的驚慌和無助是我永不能磨滅的經歷，似乎像我這樣的人才會有這種絕然的遭逢。現在我有這樣的機會我視它為一種無上快樂的享受，因為它充滿了回憶的滋味，這種類似的經驗是無價的，而如果有另一個藉口，正可以免去洩漏我內心的祕密。

# 八六、兩朵必然綻放的花

我真的戒除了抽煙嗎？在這件事體上我寧願做個不堅定者，因為當有人對我遞煙過來時，我不能悍然拒絕；生活是不能事事講求絕對，看重對自己的信守並不一定就能養成高潔情操，因為看透自己又能順應偶然的需要才是明智。

清早我騎車出去吃豆漿，然後轉到新屋，回來途中在一家鐵櫃行停留，但對他們的製品並不覺滿意。我在心裡頭盤算如何來佈置一間可以專屬讀書寫作的屋子，並且可以過類似單身的生活，但尤莉的疑問眼光再度使我遲疑起來。我並不是沒有自信，卻擔憂著後果。家族的人幾乎沒有能在我所做的事上說出一句贊同的話，受到支持是很重要的，我卻從來未受到任何鼓勵，我很覺可悲的就是這一點，這也是我長時以來形成孤立的性格的因素。

屋前的街道日漸演變成熱鬧的市場，販賣衣服的、杯盤的、錄音帶的、各種日用貨品的，一攤接一攤擺得很擁擠，我坐在屋內讀書，不能免除會受到他們由擴音器播放出來的音

樂和喚聲的騷擾。過去我甚感頭痛，心裡產生對這情形的厭惡；後來我突然明白了，接受它，以欣賞的態度來聆聽那一片嘈雜，發現由那些聲響裡聽出形成這個民族的性格的緣由。

這些民俗是有很饒趣的內涵存在的，昨天我聽了許多首在街道上播放的民謠歌曲，是我童年時就慣聽的，現在聽來更覺悅耳動人；雖然如此，我卻不喜歡現代生活還容許嘈雜的存在。

聽到那些歌謠，我不由得想念起我的長兄，他影響我對音樂的愛好，如果他還在，不知對此時刻才解禁的這些歌曲要說出什麼話來？在光復初期一股湧奔而出的情感化成了這些哀婉的曲調，台灣人是永遠也忘不了的，可惜自由的表達曾被掩蓋，被偽作的某些情緒替代。在台灣四十年代的民歌和六十年代的文學創作是真正代表自由精神和願望的時期，充滿著哀痛的感覺和人道理想，這是兩朵必然綻放的花，屬於生活的人民和使命感的知識份子。我凝神靜聽，現在那些叫賣聲急迫地喚叫著，粗粗的憂鬱聲音，用著半偽矯而詼諧的形式由貪婪的心裡迸發出來，它能勾引人前去圍觀，就是連我坐在屋內都想出去，然後掏出衣袋內所有的錢給他們，即使我並不需要那些粗俗的貨色。這大概就是形成路邊攤叫賣生活的特色，它是一種來自憐憫別人的脆弱心理的利用，反之，對這可憐不體面的生活形式，亦會無情而冷酷地給予鄙視。

# 八七、靠自己罷

在我生活的周遭每個人都在為過年而忙碌，除了小孩，他們放寒假在家裡等過年而已。

我卻在為自己能否新闢一個單獨住所而費心思。這鎮街購買的熱潮逐日高升，從那些販賣東西的人的喚叫聲可以領略他們的技巧，他們很會憑依時節來利用購買者的心理弱點。早晨的時光，我會在市場兜轉一圈，觀看人們，觀看東西，所有的人看來都十分有趣，但所有的東西都引不起我的購買慾，我只買了三個十元的書夾。我心血來潮似地（一定有積極的內在因素）乘著天氣的晴朗騎車到大甲，在一家家具行買了一套沙發和一座櫥櫃，運回新屋擺放，然後我又帶吸塵器把室內清除一番。似乎可以居住了，但還覺得欠缺幾樣基本的設備；住屋的佈置必須要有安定感，才能安適地住下。我搬運幾樣我私人的東西過去陳列。關於新屋要做的事還很多，譬如前面的院子要種花和樹。當我又用機車把暗房的器材運過去時，幾乎和一輛迎面衝過來的汽車相撞，互相擦身而過；我驚嚇著，聽到踏腳的橫桿發出摩擦的尖銳聲

音，它彎曲了，好像有它才救了我的命；回來後我用鐵鎚打回去，可以想見當時相牴觸時那剎那間的速度和衝力有多大；我慶幸我的腳沒有受傷，我更慶幸保住身體沒有任何傷損，除了精神受到了驚嚇。我打長途電話到台北遠景社，沈先生不在，一個星期了沒有任何消息，我正在期待版稅（《沙河悲歌》三版）寄來。洪範書店的葉先生也沒有回信，不知他們是否能接受我推介的黃克全的論文集。今年的運氣根本不好，沒有一樣事做得稱心滿意，但曆書上說屬兔的會好，而來年會不好，難道會更糟糕嗎？這樣的事可信嗎？我想還是靠自己罷。

# 八八、看《契訶夫傳》

在春節的南下旅行中，我在車上看《契訶夫傳》。在他三十歲時，他的二哥尼古拉因肺病而去世，他寫了〈寂寞的故事〉，準備動身到庫頁島去。書上記載，在他早期的寫作生涯裡，他所表現的是自由而沒有固定原則的思想態度；他受托爾斯泰的影響，卻終於擺脫掉托氏的理論和宗教觀。我想契訶夫之成為作家，完全是他在當時具備有作家的行誼，就像任何一種行業，獲得該行業的環境和人事的扶持。

# 八九、一切大致完成

我把六張組合的海灘風景照片貼在新屋的牆壁上，一切的佈置大致完成，自起建以來至今約有一年的時光，它耗費我所能籌來的金錢，同時我也付出無法計數的勞力和精神，我盼望它能給我安適的感覺，使我能從今天開始有新的生活。所有的憂慮和不安應該從今天開始消失，在這個新屋裡我必須重建我的信念，並且在生活上有獨立和自由的感覺；雖然我的家人還住在市鎮，我們沒有脫離關係，基本的生活還是互相照應，但我住在山區裡希望能重拾我的寫作，能夠不致紛擾地讀書；我時常感覺我的時間已不多，而想做的事卻不斷地湧起，因此我期望能在這屋子裡完成一些我過去未曾達成的事。晚飯之後，黑暗開始包繞著我，我有點敏感，心裡懷有恐懼的想法，但我明瞭這是最初而有的現象。所有在這山畔的新屋裡的能聽到的聲音和看到的形象，我都想瞭解和辨識，包括寂靜也要為我所接受，以建立我的安全之感。當一個人習慣於家庭生活而突然變換為孤獨，就像一條溪水的魚游向大海所體驗

的，生命之河有如自然賦予的軀體，而海洋就是它嚮往的精神世界，將充滿未知而浩瀚的創見；我的獨處願望就有這種意味存在，因為例行的家庭生活已經使我變得怠惰，思想趨於僵化，除了做不完的瑣碎工作外，就是無聊的呆坐，因此也容易受外來的引誘而浪費時間，唯有獨處才能集中精神，重新創發。生命的存在經由沉思觀照而獲得，在這樣的思想裡，所有生活細節的重憶會變得有意義，並從中撿起和加以組織成為一種創見的形式，這是創作生命之所由來的途徑；如果沒有經由凝神思考的作用來體驗生活，生活就是盲目的，是一種沒有精神存在的肉體生命而已。精神是生命存活唯一可留存的結晶，沒有精神的話，生到死之間就沒有距離可言，也使生命個體的存活成了浪費，猶如記憶喪失的癡人，不能意識和證明自己的存在。一年來的擔苦所換得的就是我想樹立起來的新希望，這也是我未來的生活之路，不到今天我全然不敢肯定，在這建屋的過程中，我處處顯露的焦慮和折磨都在今天呈現它的可貴代價。這本日記就是我的思想和心懷以及生活的紀錄，由於新的里程的開始，所有過去的已告一段落；當新的事物來臨的時候，應該向過往的一切告別，這個筆記就到此結束。

七等生創作年表

**INK** PUBLISHING

七等生全集 11

# 重回沙河

| 作　　者 | 七等生 |
|---|---|
| 圖片提供 | 劉懷拙 |
| 總 編 輯 | 初安民 |
| 責任編輯 | 孫家琦　林家鵬　宋敏菁　施淑清　黃子庭　陳健瑜 |
| 美術編輯 | 黃昶憲　陳淑美　林麗華 |
| 校　　對 | 呂佳真　潘貞仁　林沁嫻 |

| 發 行 人 | 張書銘 |
|---|---|
| 出　　版 | **INK** 印刻文學生活雜誌出版股份有限公司 |
| | 新北市中和區建一路249號8樓 |
| | 電話：02-22281626 |
| | 傳真：02-22281598 |
| | e-mail：ink.book@msa.hinet.net |
| 網　　址 | 舒讀網http://www.inksudu.com.tw |

| 法律顧問 | 巨鼎博達法律事務所 |
|---|---|
| | 施竣中律師 |
| 總 代 理 | 成陽出版股份有限公司 |
| | 電話：03-3589000（代表號） |
| | 傳真：03-3556521 |
| 郵政劃撥 | 19785090　印刻文學生活雜誌出版股份有限公司 |
| 印　　刷 | 海王印刷事業股份有限公司 |

| 港澳總經銷 | 泛華發行代理有限公司 |
|---|---|
| 地　　址 | 香港新界將軍澳工業邨駿昌街7號2樓 |
| 電　　話 | 852-27982220 |
| 傳　　真 | 852-27965471 |
| 網　　址 | www.gccd.com.hk |

| 出版日期 | 2020年 12 月　初版 |
|---|---|
| Ｉ Ｓ Ｂ Ｎ | 978-986-387-379-2 |
| 定　　價 | 280元 |

Copyright © 2020 by Qi Dengsheng
Published by **INK** Literary Monthly Publishing Co., Ltd.
All Rights Reserved
Printed in Taiwan

家庭溝出版中心　贊助出版

國家圖書館出版品預行編目資料

七等生全集. 11／
　重回沙河/七等生著 -初版. --
新北市：INK印刻文學, 2020.12 面；　公分
　　ISBN 978-986-387-379-2(平裝)

863.55　　　　　109017980